THOMAS C. BREZINA

Wahnsinns Wilde Engel

Engel lieben einfach anders

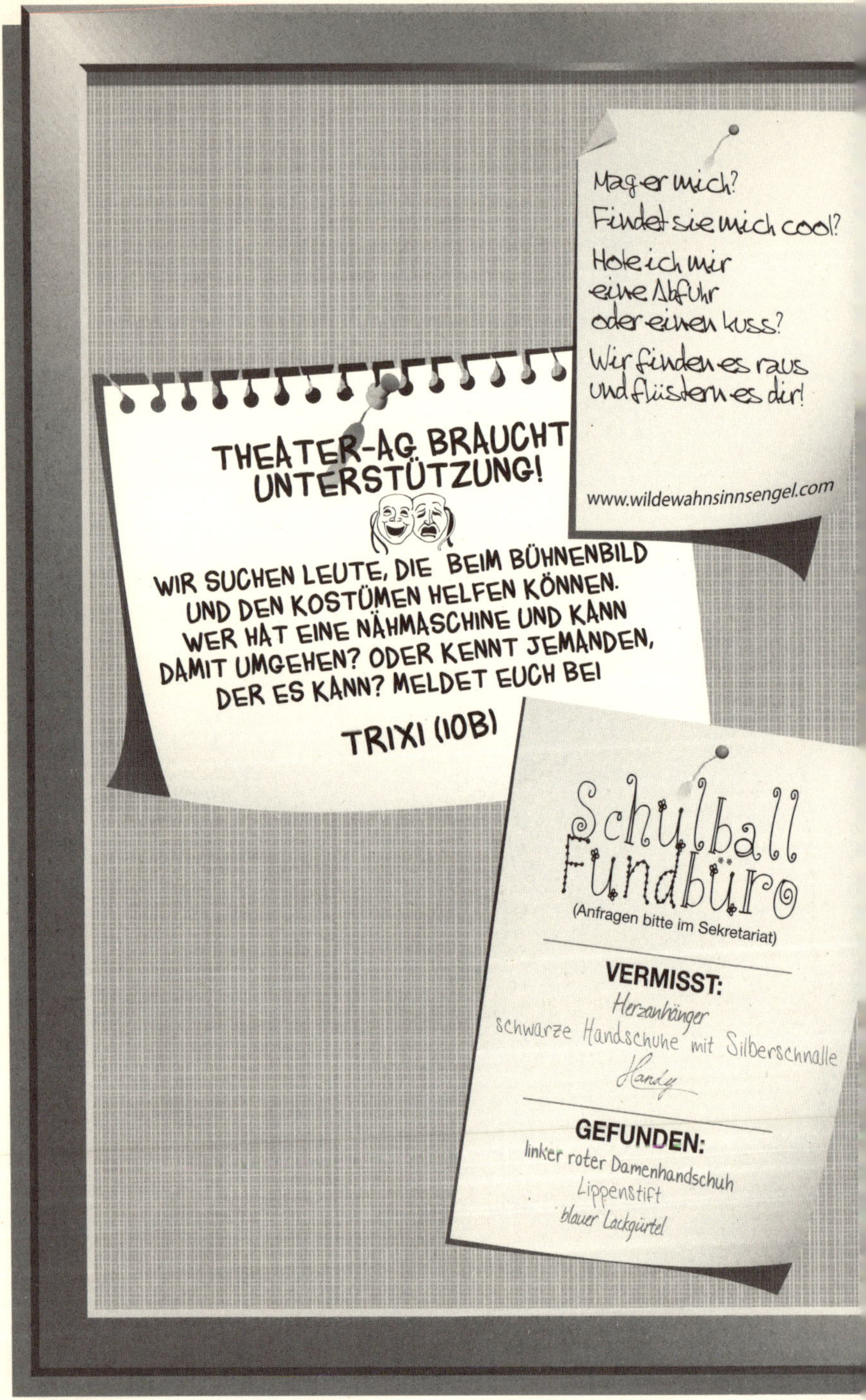
Mag er mich?
Findet sie mich cool?
Hole ich mir eine Abfuhr oder einen Kuss?
Wir finden es raus und flüstern es dir!
www.wildewahnsinnsengel.com
THEATER-AG BRAUCHT UNTERSTÜTZUNG!
WIR SUCHEN LEUTE, DIE BEIM BÜHNENBILD UND DEN KOSTÜMEN HELFEN KÖNNEN. WER HAT EINE NÄHMASCHINE UND KANN DAMIT UMGEHEN? ODER KENNT JEMANDEN, DER ES KANN? MELDET EUCH BEI
TRIXI (10B)
Schulball Fundbüro
(Anfragen bitte im Sekretariat)
VERMISST:
Herzanhänger
schwarze Handschuhe mit Silberschnalle
Handy
GEFUNDEN:
linker roter Damenhandschuh
Lippenstift
blauer Lackgürtel

KLASSENFAHRT NACH BROADGATE
Die Schüler der Klassen 7–11 wenden sich bitte mit einer schriftlichen Einverständniserklärung der Eltern an ihre jeweiligen Klassenlehrer. Einzelheiten entnehmen Sie bitte der Broschüre „Broadgate – Küste und Kultur“, die zusammen mit der Teilnehmerliste im Sekretariat ausliegt.
Ihre Schulverwaltung

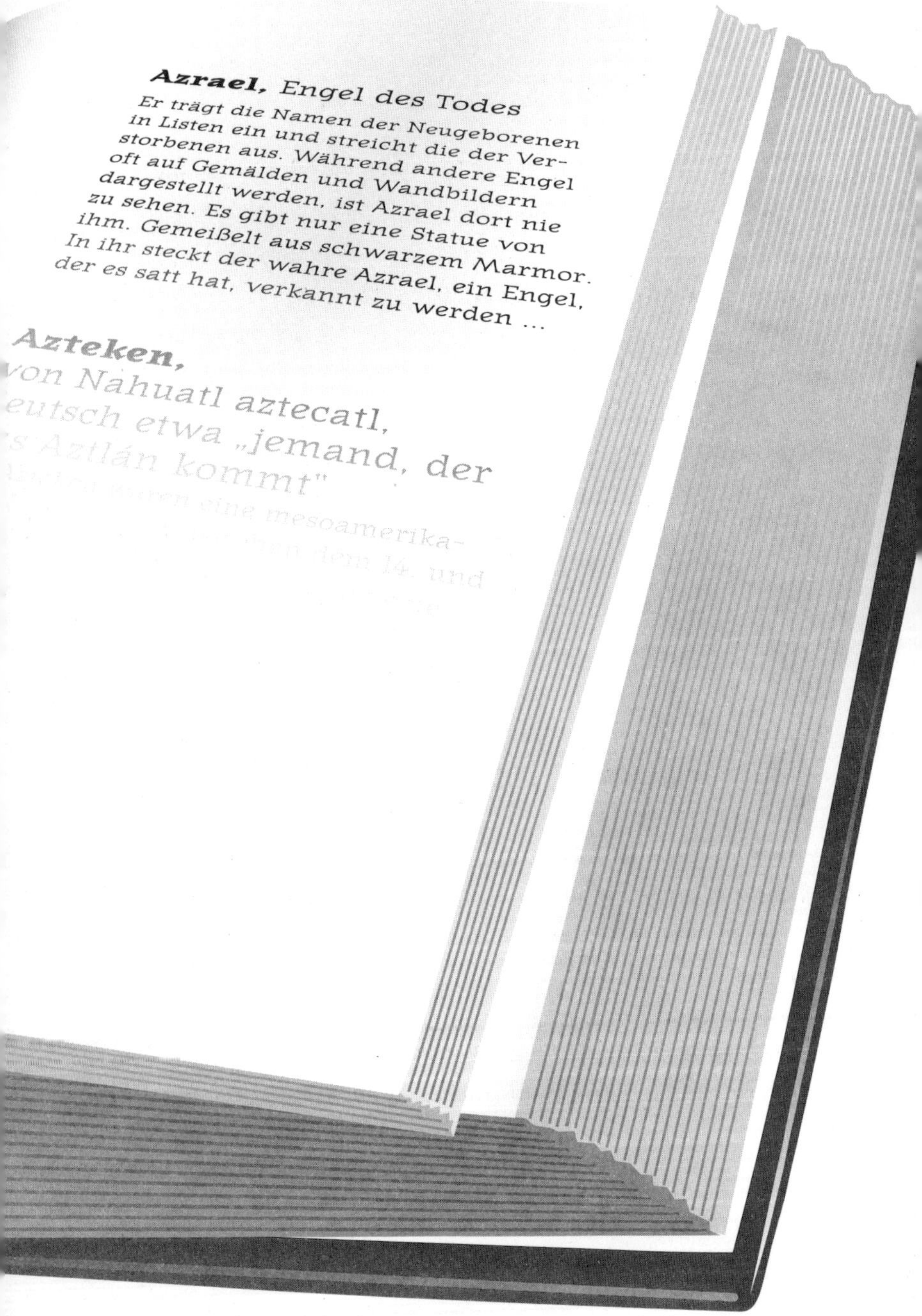
Azrael, Engel des Todes
Er trägt die Namen der Neugeborenen in Listen ein und streicht die der Verstorbenen aus. Während andere Engel oft auf Gemälden und Wandbildern dargestellt werden, ist Azrael dort nie zu sehen. Es gibt nur eine Statue von ihm. Gemeißelt aus schwarzem Marmor. In ihr steckt der wahre Azrael, ein Engel, der es satt hat, verkannt zu werden …
Azteken,
von Nahuatl aztecatl,
eutsch etwa „jemand, der
s Aztlán kommt"

Erzfeind oder Freund?

Unter Vicky drehte sich die Straße mit den Bäumen und den Autos. Mit der Schwerelosigkeit war es vorbei. Vicky war kein Engel mehr. Ihr Auftrag war erfüllt und sie nahm wieder ihre menschliche Gestalt an.

Sie öffnete den Mund, um zu schreien. Doch kein Laut kam heraus.

Die Erde drehte sich kaum noch, die Zeit schien still zu stehen. Aber nicht für immer. Das Unausweichliche wurde lediglich hinausgezögert ... der Sturz! Der Sturz in die Tiefe, auf den harten Asphalt. Der Sturz, der sie töten würde.

Ich will leben, brüllte Vicky. Aber nur in ihren Gedanken. Der Wunsch versetzte ihr einen glühenden Stich. Der Schmerz war kaum zu ertragen.

Da löste sich der Knoten in ihrer Kehle und der Schrei kam heraus. Er schallte durch die regenfeuchte Nacht, so laut, dass Vicky selbst erschrak.

Sie sauste in die Höhe.

Heftig atmend saß sie da und starrte in die Dunkelheit. Ihr langes T-Shirt klebte nass an ihrem Körper. Sie spürte, wie ihr Herz hämmerte, und versuchte, ihren Atem zu beruhigen.

Wo war sie?

Prüfend tastete sie um sich. Ihre Finger berührten eine zerwühlte Decke, ein Laken und ein Kissen, das zu einem Klumpen zusammengedrückt war.

Aus der Dunkelheit wuchs der Schatten ihres Fensters, dessen untere Hälfte nach oben geschoben war. Von draußen schien orangefarbenes Licht herein. Die Straßenlaterne.

Mit einem erleichterten, tiefen Ausatmen ließ sich Vicky nach hinten sinken.

Ihr Bett fühlte sich feucht an. Sie war völlig verschwitzt wie schon in den Nächten davor.

Seit zwei Wochen ging das so. Seit dem Vorfall auf dem Schuldach. Sie konnte es einfach nicht vergessen. Es verblasste nicht zu einer vagen Erinnerung, sondern wurde mit jedem Albtraum noch beängstigender.

Langsam wurde Vicky ruhiger. Ihre Augen brannten und sie schloss die Lider.

Auch ohne zu träumen, tauchten die Bilder auf …

White kam auf sie zu. Sein weißes Baumwollhemd flatterte im Wind. Wie auf Schienen glitt er näher. Er hatte den Blick zum Himmel gehoben und die Augen geschlossen. Seine Arme lagen fest am Körper, die Fäuste geballt.

So hatte sie ihn zuletzt gesehen.

White, der ihr Herz schneller schlagen ließ, der eine magische Anziehungskraft auf sie ausübte.

White, der vielleicht etwas getan hatte, was sie bis heute nicht verstand.

White, der seitdem verschwunden war und sich nicht mehr blicken ließ. White, der Todesengel, ihr Erzfeind!

„Du bist wieder so blass, Sonnenschein!" Pru Cassady strich Vicky über das strubbelige Haar. Sie stand neben ihr im Badezimmer und rieb sich das Gesicht mit einer Creme ein, die intensiv nach Orangen duftete.

„Schlecht geschlafen“, sagte Vicky ausweichend.

Pru tupfte ihr etwas Creme auf Stirn und Nase. „Versuch das! Ist nicht nur gut für die Haut. Weckt auch Lebensgeister und macht gute Laune.“

Vicky mochte den Geruch.

„Deine neue Mischung?“

Ihre Mutter nickte. „Ich will die Creme ‚Sonnendrink für die Haut‘ nennen. Was hältst du davon?“

„Nicht übel. Bisschen lang!“

Sally kam ins Bad. Sie gähnte, ohne die Hand vorzuhalten, und schleifte ihren Frankenstein-Teddybären an einer Pfote hinter sich her. Sein Körper war echt Teddybär, sein Kopf aber stammte von einem Plüschelefanten, dem ein fehlendes Tellerohr durch einen Hasenlöffel ersetzt worden war. Das linke Bein gehörte früher einem Schlenkerschaf, der Schwanz einem Kuschelkrokodil und die Augen waren unterschiedlich groß. Sally hing an Frankie, den ihre Mutter aus den Resten zu Tode geliebter Stofftiere genäht hatte.

„Mag nicht in den Kindergarten“, maulte Sally und gähnte noch mal.

„Hast du schlecht geträumt, Süße?“, fragte Pru. Sie hob Sally auf die Waschmaschine und zog ihr das zerknitterte Nachthemd über den Kopf.

„Weiß nicht.“

Vicky betrachtete sich im Spiegel. Sie hatte dunkle Schatten unter den Augen. Die Albträume mussten aufhören.

Vicky musste etwas unternehmen. Aber was?

Zunächst hatte sie das dringende Bedürfnis, mit jemandem sprechen, der sie gut verstand. Azrael.

Noch vor der Schule wollte sie zu ihm!

Azraels Meinung

Vicky schoss auf ihrem Fahrrad durch die Straßen bis zu dem schmalen Weg, der zwischen den beiden Häuserblöcken hindurchführte. Über ihn erreichte sie den verwilderten Park, der von einer alten, niedrigen Backsteinmauer eingefasst war.

Früher war das hier ein Friedhof gewesen. Einige verwitterte Grabsteine, die wie schiefe Zähne aus dem Gras ragten, erinnerten noch daran. Das Herzstück des kleinen Parks war die schwarze Steinstatue von Azrael. Als sie noch stand.

Doch der Engel lag nun zertrümmert im Gras. Die zerbrochenen Beine verschwanden bereits zwischen hohen Halmen. Der Sockel stand verwaist herum.

Vicky kniete sich neben den dunklen Marmorkopf, der auf der Seite im Moos ruhte wie auf einem Kissen.

„Azrael“, sagte sie leise.

Der Stein blieb leblos. Vicky richtete sich auf und sah sich suchend um. Es war ein warmer Sommermorgen und mehrere Fenster waren geöffnet. Auf zwei oder drei Balkonen frühstückten die Bewohner. Doch sie konnten unmöglich sehen oder hören, was Vicky hier tat.

„Azrael?“, sagte Vicky bittend.

Sie strich über den rechten Arm, der in drei Teile zerbrochen war. Damals, als Statue, hatte Azrael ihn wie ein Tänzer über den Kopf gehalten.

Das marmorne Gesicht schlug die Augen auf. Sie waren leuchtend blau.

„Du wieder mal hier", bemerkte er mit rauer Stimme.

„Ich kann nicht jeden Tag kommen", verteidigte sich Vicky.

„Das solltest du aber." Azrael hatte schlechte Laune. „Ohne dich würde ich noch immer ruhig auf meinem Sockel stehen."

„Soll ich besser wieder gehen?", bot Vicky an.

„Nein. Bleib. Du kannst mich zwischen den Flügeln kratzen. Dort müssen Ameisen sein."

Vicky tat ihm den Gefallen. Azrael hatte recht, auf seinem Rücken tummelten sich Ameisen und auch ein paar Feuerwanzen. Vicky wischte sie mit einem Büschel Gras weg.

„Besser so?"

„Allerdings."

Sie setzte sich und lehnte sich mit dem Rücken gegen den Sockel.

„Das war doch keine Absicht damals", versicherte sie ihm. „Ich meine, wir wollten nur ein Foto für unsere Website machen."

„Du hast mich geküsst!", erinnerte Azrael sie.

Vicky spürte, wie ihr das Blut ins Gesicht schoss. Das hatte sie wirklich getan. Sie hatte die Statue geküsst und dabei waren sie gemeinsam nach hinten gekippt. Und dann die große Überraschung: In dem Stein verbarg sich ein echter Engel!

Durch den Sturz waren Azraels Engelskräfte auf Vicky übergegangen. Deshalb musste sie seine Aufgabe übernehmen und Leben retten, während er in den Trümmern gefangen blieb.

Der bevorstehende Tod eines Menschen, dessen Zeit noch nicht gekommen war, kündigte sich Vicky immer über den Hauch des Todes an. Ein furchtbarer Gestank nach faulem Wasser, den nur sie riechen konnte.

„Wenn du versagst, wirst du immer mehr zum Engel und ich zum Menschen", erinnerte Azrael sie.

„Ich weiß, ich weiß es doch wirklich!", antwortete Vicky genervt.

Eine Weile war nur das Zwitschern der Vögel zu hören.

„Was ist los mit dir?", durchbrach Azrael die Stille.

Vicky zuckte mit den Schultern. „Ich ... Ich träume schlecht. Immer noch von dem, was auf dem Schuldach passiert ist."

„Das war wirklich knapp. Aber du hast Nessa das Leben gerettet", sagte Azrael.

Sie nickte. „Ja, aber eigentlich hätte ich dabei abstürzen müssen. Doch irgendetwas oder irgendjemand hat mich gerettet."

„Wahrscheinlich war ein schützender Engel in deiner Nähe."

Vicky kaute auf ihrer Lippe und schob ihre Zunge von innen gegen die Wange. „Nur einer war in der Nähe. Du weißt, wen ich meine ..."

Azrael verstand sofort. „Und ich weiß, was er wollte. Deine Freundin Nessa."

Das hatte Vicky auch erst gedacht.

„Glaubst du ... kann es nicht sein ... dass er mich ... auf das Dach zurückgebracht hat?"

„Niemals!“ Azrael lachte bitter auf. „Er nimmt und das manchmal auch, bevor die Zeit gekommen ist. Dann musste ich einschreiten und jetzt du. Nein, er war es bestimmt nicht.“

„Bestimmt nicht“, wiederholte Vicky niedergeschlagen.

Sie hatte sich eine andere Antwort gewünscht. Wäre das nicht ein Zeichen dafür, dass White wirklich etwas für sie empfand? Mehrere Male schon hatte er das behauptet und er war manchmal so unendlich liebevoll, aber sie konnte ihm nicht glauben.

Wer war er? Wer war White wirklich?

Vicky stand auf und klopfte ihre Jeans ab. „Ich muss los zur Schule.“

„Komm bald wieder. Lass mich nicht noch mal so lange warten!“, drängte Azrael. Es war eher ein Befehl als eine Bitte.

„Bestimmt!“, versprach Vicky. Als sie ging, wanderten ihre Gedanken sofort wieder zu White.

Er mag dich, er mag dich nicht

Lustlos stocherte Nessa in der Plastikschale. Prüfend hob sie mit der Wegwerfgabel etwas von der weiß-grau-braunen Mischung hoch und roch daran.

„Was soll das sein?“, fragte Gloria, die kleine Stupsnase gerümpft.

„Leider nicht die Karottendiät“, knurrte Nessa.

Vicky schälte eine Banane und biss ab. „Karottendiät?“

Nessa strich über ihre runden, breiten Hüften. „Die leckerste Diät, die ich kenne.“

„Und wie geht die?“, wollte Gloria wissen.

„Du darfst alles essen, außer Karotten!“ Nessa lachte tief und klopfte sich auf den Speckbauch.

„Im Ernst. Was isst du da?“ Gloria deutete auf die körnige Masse auf Nessas Gabel.

„Von meiner Mutter. Ist so ein Abnehmzeug. Hat angeblich keine Kalorien.“

„Sei nicht böse, aber das sieht aus wie Holzspäne mit Weichspüler“, meinte Gloria.

„So schmeckt es auch“, sagte Nessa.

Die drei Freundinnen hockten auf der Kiste, in der der Hausmeister die Gartengeräte aufbewahrte. Von hier hatten sie das Treiben auf dem Schulhof gut im Blick.

„Seht mal, wer da steht!“, rief Gloria und wedelte aufgeregt mit den Fingern. Vicky und Nessa folgten ihrem Blick. Sofort wurde Vicky verlegen.

„Dein Marco!“, trällerte Gloria und stieß Vicky mit dem Ellbogen in die Seite.

„Er ist nicht MEIN Marco, sondern nur unser Nachbar“, sagte Vicky abwehrend.

Marco war eine Klasse über ihnen, etwas kräftiger gebaut und ständig damit beschäftigt, sein Hemd in die Hose zu stecken. So auch in diesem Moment.

„Dein Nachbar, der tierisch in dich verknallt ist und ausgezeichnet kochen kann!“, neckte Gloria weiter.

„Was hast'n zurückgeschrieben?“, fragte Nessa Vicky.

„ICH muss zurückschreiben“, stellte Gloria sofort klar. „Es ist MEIN Fall. Ich habe ihn entgegengenommen.“ Sie musterte Vicky von der Seite. „Du musst mir nur noch sagen, WAS die *Wahnsinnsengel* Marco antworten sollen?“

Vicky grinste vor sich hin. „Hätte nie gedacht, dass auch zu uns Anfragen kommen.“

Nessa fand nichts dabei. „Warum nicht? Weiß ja keiner, dass wir die *Wilden Wahnsinnsengel* sind.“

„Stimmt! Auf jeden Fall ist unsere Wer-ist-in-wen-verknallt-Agentur zum Renner geworden“, erklärte Gloria zufrieden. „Es spricht sich herum, dass wir gut sind. Wir kriegen schon Anfragen aus anderen Schulen. Ein paar ganz Verzweifelte haben uns sogar Geld geboten.“

Was als Schulprojekt begonnen hatte, war für die drei zu einem Hobby geworden, das sie mehr als auf Trab hielt.

Gloria öffnete ihre große Umhängetasche und zog ihr kleines Notebook heraus. Sie klappte den Mini-Computer auf. „Internetzugang, wo man auch ist, ideal für unsere Arbeit!“ Trotz ihrer langen, lackierten Fingernägel hatte sie keine Mühe, die Tasten zu treffen.

Pling! machte der Computer beim Hochfahren.

„Jetzt bin ich bei Marcos Eintrag", verkündete sie wenig später. Halblaut las sie vor: „Sie ist sehr nett. Ich möchte wissen, ob sie mich mag. Einfach so, wenigstens. Also wie einen Kumpel. Es geht um Vicky Cassady. Könnt ihr das herausfinden? Wäre stark. Marco."

„Und? Ist er ein Kumpel?" Nessa sah in Marcos Richtung. Er lachte mit den anderen Jungen und zog seine Hose etwas höher.

„Irgendwie schon …", begann Vicky.

Sofort tippte Gloria los.

„He, warte!", bremste Vicky sie.

„Er sieht aus wie ein Bobtail", kicherte Gloria. Sie ahmte den treuherzigen Blick der wuscheligen Hunde nach und zog sich die blonden Locken in die Stirn.

„Und er kann wirklich richtig gut kochen?", hakte Nessa nach.

„Göttlich", schwärmte Gloria und warf Kusshändchen in die Luft.

„Dann wäre er was für mich!" Nessa schloss die Dose mit dem unappetitlichen Zeug und ließ sie in ihrem Rucksack verschwinden.

„Also, bitte um eine klare Auskunft über deine Meinung zu Marco", drängte Gloria Vicky.

„Morgen, okay? Wir machen das morgen", vertröstete Vicky sie.

Gloria verdrehte die Augen. „Schätzchen, das sagst du seit mehr als einer Woche."

Pling! machte der Mini-Laptop wieder. Gloria las, was auf dem Bildschirm stand. Sie klappte den Computer zu und schenkte Vicky einen mitfühlenden Blick. „Hat sich schon erledigt."

„Was?"

„Marco."

Nessa sprang von der Kiste. „Wieso?"

„Er hat eine weitere Nachricht geschickt. Gestern Abend. Ist erst jetzt gekommen."

„Und was schreibt er?", wollte Vicky wissen.

„Bis heute nichts von euch gehört. Das ist Antwort genug. Danke. Keine Nachricht an mich. Würde mich nur deprimieren", zitierte Gloria.

„Das passiert, wenn man sich zu lange bitten lässt", meinte sie fachmännisch.

Vickys Gefühl schwankten zwischen ein wenig gekränkt und ein wenig erleichtert. Es wäre bestimmt schwierig, wenn Marco sich ernsthaft in sie verliebt hätte. Sie mochte ihn irgendwie. Aber eben nur als Kumpel ...

„Morgen Nachmittag müssen wir unbedingt ein *Wilde-Wahnsinnsengel*-Treffen machen." Gloria schulterte ihre Tasche. „Es steht eine Menge an. Bei mir oder bei euch?"

„Bei mir gibt's nichts zu essen und nur Wasser zu trinken", erklärte Nessa. „Meine Mutter hat alles entfernt, was mich in Versuchung führen könnte."

Gloria klopfte Nessa auf die Schulter. „Dann bei mir. Verhungern kann man bei uns bestimmt nicht."

EINE UNAUSWEICHLICHE WAHRHEIT

„Alles gut, es ist alles gut!"

Vicky war tot. Sie war überzeugt davon, gestorben zu sein.

„Sonnenschein, was ist denn nur mit dir?"

Über sich bemerkte Vicky die Gestalt ihrer Mutter. Ihre Hand lag angenehm kühl auf Vickys Stirn.

An der Zimmerdecke schimmerte das orangefarbene Licht der Straßenlaterne.

Heftig atmend setzte sich Vicky auf. Sie war wieder nass geschwitzt. Derselbe Albtraum.

Vicky in der Luft über der Straße, mehrere Meter vom Schuldach entfernt.

Vicky, die wieder menschliche Gestalt annahm, deren Gewicht sie nach unten zog.

Vicky, die Nessa gerettet hatte und mit ihrem Leben dafür bezahlen sollte.

„Du hast geträumt", sagte Pru Cassady und schüttelte das Kissen auf. „Ich muss endlich ein paar Traumfänger über dein Bett hängen."

Vicky lächelte müde. Ob die kleinen Netze der Indianer mit den Perlen und Federn helfen würden? Wohl kaum.

„Ich hol dir ein Glas Milch." Pru verließ das Zimmer.

Vickys Gedanken schweiften wieder zu IHM. White, der nur von Zeit zu Zeit auftauchte, und den Vicky nur sehen konnte, wenn sie selbst Engelsgestalt angenommen hatte.

Allein das Bild seiner dunklen Augen ließ Vicky schaudern. Es war kein Schaudern aus Angst oder Abscheu. Sie sehnte sich unendlich nach White. Sie sehnte sich nach seinem Blick und dem sanften, liebevollen Lächeln, das er gezeigt hatte, als er mit ihr tanzen wollte.

Vicky kannte auch sein anderes Lächeln. Das Lächeln in dem etwas Überlegenes, Spöttisches lag.

Vickys ganzer Körper tat auf einmal weh. Von allen Seiten zog und zerrte etwas an ihr.

Pru kehrte mit dem Glas Milch zurück und setzte sich zu ihr auf das Bett.

„Es geht um die Liebe“, sagte sie auf eine sehr unaufdringliche Art.

Vicky lehnte ihren Kopf an Prus Schulter.

„Mam, wann weiß man, dass man wirklich verliebt ist?“

Pru lächelte vor sich hin. „Oft spricht man von Schmetterlingen im Bauch. Aber die kenne ich nicht. Bei mir ist es immer ein Verlangen, eine Sehnsucht, ein tiefer Wunsch, jemanden zu sehen, mit ihm zu sprechen und ihn zu berühren.“ Sie streckte die Hand aus, als wäre da jemand, auf den das zutraf.

„Ist das Liebe?“

„Nein, das ist Verliebtheit. Die geht meist schnell vorbei und es bleibt nur eine zarte Erinnerung. Nur manchmal entfaltet sie sich wie eine Knospe zur vollen Blüte, das ist dann Liebe.“

Insgeheim dachte Vicky, dass es das Beste wäre, wenn sie nur verliebt wäre. Es würde vergehen, nicht bleiben. Es konnte gar nicht bleiben, da sie niemals zusammenkommen durften.

Mit einem tiefen Seufzer schloss Vicky die Augen. Sie fühlte sich auf einmal so unendlich müde. Es war einfach zu viel, was sie in den vergangenen Wochen erlebt hatte. Ihre Welt war nicht mehr wie früher.

Nachdem Pru ihr noch einmal über die feuchten Haare gestreichelt hatte, verließ sie das Zimmer. Die Tür blieb einen kleinen Spalt offen. Das hatte Vicky immer beruhigt, als sie ein kleines Mädchen war.

Die Augen geschlossen lag Vicky da und lauschte den Geräuschen der Nacht. An einem nahen Tümpel quakten ein paar Kröten, ein Motorrad knatterte sehr weit entfernt.

In ihr stieg ein Gedanke auf und formte sich schließlich zu einer Wahrheit.

Damals auf dem Schuldach hatte White sie gerettet! Statt Nessas Leben zu nehmen, hatte er Vicky gewinnen lassen. Und sie sogar zurück auf das Dach getragen.

Anders konnte es nicht gewesen sein. Es war die einzige Möglichkeit.

„Also liebt er mich auch“, flüsterte Vicky in die Nacht. Ein kleines Lächeln umspielte ihre Lippen und vertrieb den Schmerz.

Blumen im Wind

Nach der Schule hatte Vicky ein Ziel, zu dem sie allein gehen wollte. Sie nahm ihre kleine Schwester Sally als Vorwand und behauptete, sie vom Kindergarten abholen zu müssen.

„Heute Nachmittag bei mir!“, erinnerte Gloria.

Nessa presste die Hand auf ihren Bauch. „Ich halte es nicht mehr aus. Meine Mam lässt mich verhungern.“

„Dann iss doch“, schlug Gloria vor.

„Ich muss jede Woche auf die Waage. Wenn ich nicht zehn Kilo abnehme, will sie mir alles Mögliche streichen!“

„Ich muss los, Sally wartet!“, log Vicky, trat in die Pedale und winkte zum Abschied.

Ziemlich außer Atem erreichte sie den schmalen Durchgang zum alten Park. Sie stellte das Fahrrad ab und lief zur eingefallenen Mauer. Als sie darüber kletterte, stolperte sie und fiel hin.

Sie war aufgeregt.

Bienen summten um die lila Blüten, die zwischen den langen Grashalmen hervorlugten.

„Hallo Azrael“, sagte sie sanft und streichelte ihm über den Kopf.

Er öffnet die Augen. Sie strahlten wunderbar blau. Er schien sich ehrlich zu freuen, sie zu sehen.

„He, so bald schon wieder bei mir?“, fragte er halb im Scherz.

„Ich wollte dich sehen." Vicky hatte kein gutes Gefühl. Schon zum zweiten Mal in nur einer Stunde sagte sie nicht die Wahrheit.

„Bei mir hier hat sich nicht viel ereignet", begann Azrael zu plaudern. „Ein paar Ameisen auf meinem rechten Fuß, Feuerwanzen auf meinem Flügel. Zwei Vögel sind auf meinem Kopf gelandet. Ich hatte schon befürchtet, sie würden etwas fallen lassen. Zum Glück haben sie mich verschont. Das war bisher mein Tag. Und bei dir?"

„Ach, Schule und so. Das Übliche. Und *Wilde Wahnsinnsengel*. Läuft gut. Hält uns auf Trab."

„Gut."

„Wir machen eine Klassenfahrt. Ich werde nicht da sein, drei Tage lang."

„Danke, dass du mir das mitteilst."

„Und wenn dann in der Stadt etwas geschieht? Wenn ich gebraucht werde? Was ist dann?"

Azrael lächelte. „Mach dir keine Sorgen. Du musst immer nur dort eingreifen, wo du gerade bist."

„Dann hab ich ja fast Ferien", versuchte Vicky einen Scherz. „Auf Klassenfahrt kommt bestimmt niemand in Lebensgefahr."

„Engel haben niemals Ferien!", sagte Azrael.

„Jaja!" Vicky verscheuchte eine lästige Fliege. Ungeduldig trommelte sie mit den Fingern auf den Steinsockel.

„Was ist los? Was hast du auf dem Herzen?", wollte Azrael wissen. Er hob fragend die Augenbrauen. „Sag es mir! Du weißt, wir können über alles reden. Wirklich alles. Das Schicksal hat uns zusammengeschweißt. Für eine längere Weile jedenfalls."

„Vielleicht sogar für immer?“ Die Vorstellung erschreckte Vicky.

„Ich weiß es nicht.“

Noch immer kämpfte Vicky mit sich selbst. Irgendetwas hielt sie zurück, Azrael zu sagen, was ihr in der Nacht klar geworden war. Aber sie musste es loswerden.

„Du und White ...“, begann sie.

Azraels Augen zuckten sofort zu ihr. „Woher hast du diesen Namen?“ Er klang aufgebracht.

„Er hat ihn mir gesagt!“

„Du spricht mit ihm?“

„Er hat ...“ Sie brach ab.

„Was?“

„Seid ihr schon lange Feinde? Du und White? Das Leben und der Tod?“

„Er will das Gegenteil von dem, was ich will“, antwortete Azrael knapp.

Eine Pause trat ein. „Wie oft hast du schon mit ihm gesprochen?“, wollte er schließlich wissen.

„Nicht oft“, sagte Vicky ausweichend. Die dritte Lüge.

„Du spielst mit dem Feuer“, warnte Azrael. Er war abweisend und streng, nicht wie ein Freund, eher wie ein Lehrer.

„Ich kann auf mich aufpassen“, versicherte Vicky.

„Das glaube ich nicht. Du magst ihn doch, nicht wahr? Du verheimlichst mir etwas.“

Das war Vicky zu viel. Sie sprang auf. „Ist das jetzt ein Verhör?“

„Ich muss es wissen, Vicky! Du bringst dich in Gefahr und mich auch. Du hast meinen steinernen Körper zerstört.

Jetzt zerstöre nicht auch noch den Rest! Wir sind beide verloren, wenn er siegt."

„Er wird nicht siegen. Vielleicht will er gar nicht siegen!"

Feindselig starrte Vicky auf den dunklen Steinkopf mit den edlen Gesichtszügen hinab.

„Du hast dich verliebt!" Azrael war fassungslos.

„Nein!", schrie Vicky. „Du bist nur eifersüchtig."

„Auch ohne die Kraft, die jetzt in dir wohnt, kann ich mehr sehen, als dir vielleicht lieb ist. Er hat dich in seinen Bann geschlagen."

„Du redest, als wäre er ein Hexenmeister."

„Er ist verführerisch und er versteht es, dir das Gefühl zu geben, er sei dein Freund."

Hilflos ließ Vicky sich wieder niedersinken.

„So ist es nicht", sagte sie schwach. Es klang nicht einmal in ihren Ohren überzeugend.

„Es ist genau so", entgegnete Azrael kühl.

„Und selbst wenn? Was soll ich machen?"

„Du musst akzeptieren, dass er dein Feind ist. Der Feind des Lebens!" Azrael sprach hart. Jedes seiner Worte war wie ein Paukenschlag.

„Und du bist doch eifersüchtig. Gib es zu!", platzte es aus Vicky heraus.

Auf einmal wurden Azraels Augen müde. „Engel lieben einfach anders", sagte er.

„Wie? Wie lieben sie?"

So hilflos hatte sich Vicky schon lange nicht gefühlt.

„Halte dich von ihm fern!", warnte Azrael erneut.

„Er war es! Er hat mich davor bewahrt abzustürzen", schleuderte Vicky ihm entgegen. „Ich bin mir sicher. Weil es gar nicht anders sein kann! White hat darauf verzichtet zu nehmen. Zuerst bei Nessa, dann bei mir. Es stimmt nicht, was du über ihn sagst."

Sie wollte nur noch weg. Vicky sprang auf und ging ein paar Schritte nach hinten.

„Du bist blind. Blind vor Verliebtheit", warf Azrael ihr vor.

„Ich muss gehen. Bis irgendwann, Azrael!"

Vicky lief zu ihrem Fahrrad zurück. Ihr Gesicht brannte, ihre Augen tränten und im Mund hatte sie einen bitteren Geschmack.

Azrael war Vickys erste große Liebe gewesen. Die Statue natürlich, nicht der Engel im Innern. Azrael hatte sie immer angezogen.

Jetzt nicht mehr. Jetzt stieß er sie ab.

Im schmalen Durchgang blieb sie stehen. Die Sommerhitze stand zwischen den hohen Mauern.

Hier war sie White einmal begegnet. War er vielleicht in der Nähe? Solange sie ihre menschliche Gestalt hatte, konnte sie ihn nicht sehen.

„White?", flüsterte sie fragend. „White, bist du hier? Bitte, gib mir ein Zeichen!"

Auf der Straße bellte ein Hund. Zwei Kinder liefen vorbei. Hinter ihr spielte irgendwo in einem Haus ein Radio ziemlich laut.

Von White nichts. Gar nichts.

Vielleicht würde sie ihn sehen, wenn sie ihre Engelsgestalt annahm. Doch das funktionierte nur, wenn sie jemandem helfen musste.

Gab es jemanden, dem sie jetzt helfen konnte?

Nessa fiel ihr ein! Nessa und ihr ewiger Kampf gegen die überflüssigen Pfunde. Vicky schloss die Augen und dachte fest an die Freundin, ihre üppige Figur und den watschelnden Gang. Sie würde ihr helfen, sagte sich Vicky lautlos vor.

Eine sanfte, kribbelnde Welle erfasste ihren Körper. Sie begann am Scheitel und ging dann langsam nach unten bis in die Zehen.

Auf einmal fühlte sie eine innerliche Leichtigkeit. Ihre Haut erschien ihr nur noch wie eine Hülle aus unsichtbarem Licht, stark und schützend, aber eigentlich nicht vorhanden.

Als sie nach dem Fahrrad griff, glitt ihre Hand hindurch.

Es hatte geklappt!

Suchend sah sie erneut den schmalen Weg hinauf zum Park. Aber nichts. Kein White.

Als Vicky sich umwandte, stand sie einem Mädchen gegenüber. Sie war höchstens drei Schritte von ihr entfernt. Bis zu der Stelle, an der der Durchgang auf die Straße stieß, lagen viele Meter. Sie konnte nicht so schnell gelaufen sein. Unmöglich!

„Wer bist du?“, stieß Vicky hervor.

Lächelnd neigte das Mädchen den Kopf zur Seite. Seine kleinen, dünnen Locken wippten auf und nieder.

„Wer bist du?“, wiederholte Vicky atemlos.

„Deine Freundin“, antwortete das Mädchen. Es strich an seinem kurzen Kleid herab und umspielte mit den Fingern die aufgestickten bunten Blumen. Etwas Leichtes, Luftiges ging von ihr aus. Nicht nur der Blumen wegen erinnerte sie auf seltsame Weise an eine Sommerwiese.

Vicky streckte ihren Arm vor. Sie wollte testen, ob ihr Gegenüber echt war und kniff zu.

„Aua!“, beschwerte sich das Mädchen.

„Tut mir leid“, entschuldigte sich Vicky. Sie war völlig verwirrt.

Die andere war zart und kleiner als Vicky, aber wahrscheinlich etwas älter.

„Ich komme, um dich zu warnen“, sagte das Mädchen eindringlich.

GLÖRCHEN AN CHARLOTTCHEN

Eine gebückte alte Frau kam langsam von der Straße in den Durchgang. An der Leine führte sie einen dicken, müden Dackel. Die Zunge hing ihm weit aus dem Maul und er hechelte.

„Langsam, Lucy“, bat die Frau. „Ich kann nicht so schnell.“ Sie hob den Kopf und sah direkt zu Vicky, aber ohne zu reagieren. Die Frau nahm sie nicht wahr.

Wie auch? Vicky war unsichtbar.

Die alte Frau und der Hund bemerkten auch das andere Mädchen nicht. Sie war also genauso unsichtbar.

„Du bist ... du musst ... wie ich ... sein ...“, stotterte Vicky herum.

Vicky spürte nur ein Prickeln, als erst der Dackel durch ihre Waden und dann die Frau durch sie hindurchglitt.

„Vicky, ich beobachte dich schon länger“, sagte das Mädchen mit sanfter Stimme. Sie erinnerte Vicky an die Elfen, die ihre Mutter in ihrem Schlafzimmer aufgestellt hatte. Obwohl das Mädchen älter war als Vicky, hatte sie etwas von Sallys kindlicher Unschuld.

„Bitte, sag, wer bist du? Ein Engel?“

„Ja. Ein Engel. Ein voller Engel.“

„Also nicht nur halb wie ich.“

Wieder lächelte das Mädchen liebevoll. „Du bist ein wunderbarer Mensch mit den Fähigkeiten eines Engels. Und ich weiß, wie du dazu gekommen bist.“

„Wieso zeigst du dich erst jetzt?“ wollte Vicky wissen.

„Ich war schon oft ganze nahe bei dir, aber du konntest mich nicht sehen.“

Etwas an ihr bezauberte Vicky. Etwas anderes war beunruhigend wie ein schwarzes Geheimnis. Wie ein dunkles Buch, in dem etwas Verbotenes stand.

Das Mädchen schien zu spüren, was in Vicky vor sich ging. Langsam entfernte sie sich. „Ich bleibe in deiner Nähe und beschütze dich. Verlass dich auf mich, Vicky!“

„Wieso musst du weg? Du hast mir noch nicht gesagt, wer du bist“, rief Vicky.

Das Mädchen hob die Hand. Der weite, kurze Ärmel ihres Kleides flatterte. Die gestickten Blumen leuchteten auf. Oder bildete Vicky sich das nur ein? Langsam verblasste die Gestalt des Mädchens. Schließlich war die Stelle, an der sie gerade noch gestanden hatte, leer.

Kopfschüttelnd sah Vicky sich um. Alles war wieder wie vorhin.

Jetzt hatte sie keine Lust mehr, White zu sehen. Sie wollte einfach nur ein Mensch sein. Ein stinknormales Mädchen mit einem stinknormalen Teenager-Leben, in dem die größten Sorgen Pickel und normale Jungs waren.

Das war allerdings nicht so einfach. Zuerst musste sie die Aufgabe erfüllen, die sie sich gestellt hatte. Die Aufgabe, wegen der sie überhaupt ihre Engelsgestalt annehmen hatte können. Wegen Nessa! Nur wie?

Vicky hatte sich selbst eine Falle gestellt.

Sie musste Nessa helfen, sonst würde sie so bleiben!

Um abzunehmen, musste Nessa einfach weniger essen, aber genau das fiel ihr ja so schwer.

Oder sie aß gleich viel, aber keine Sachen, die Kalorienbomben waren.

Vicky fiel Mrs Tenner ein. Glorias Mutter war so dünn, dass die Haut über ihren Wangenknochen einfiel und ihre Waden wie Zahnstocher aussahen. Die Tenners waren unglaublich wohlhabend und hatten eine eigene Köchin. Musste die nicht ständig irgendwelche Rezepte ausprobieren, die schmeckten, aber höchstens dick machten, wenn man sechs Portionen davon verdrückte?

Vielleicht war das ihre Chance! Vicky schloss die Augen und dachte an Glorias Zimmer. Dort schwebte immer noch ein Hauch von Pink in der Luft – Glorias früherer Lieblingsfarbe. Aus Glorias Prinzessinnenphase vor vielen Jahren war ein weißes Plüscheinhorn, groß wie ein ausgewachsener Schäferhund, übrig geblieben. Vicky stellte es sich genau vor.

Der Widerstand unter ihren Schuhsohlen verschwand. Schon wurde sie in die Richtung der Tenner-Villa getragen.

Der Flug wurde immer schneller. Häuser, Bäume, Autos, Menschen, alles raste unter Vicky vorbei. Vor ihr tauchte der hohe schwarze Eisenzaun mit den gefährlichen Spitzen auf, der das riesige Grundstück der Tenners umgab. Vicky glitt hindurch, als wäre er nicht da. Schon sah sie das große weiße Gebäude mit den vielen Erkern und einem Türmchen an jeder Ecke. Es erinnerte an eine Torte mit Schlagsahne und Zuckerguss.

Glorias Zimmer befand sich im oberen Stockwerk unter dem gewellten grünen Dach. Vicky spürte, wie sie durch die Dachschindeln glitt. Dann setzten ihre Füße auf Glorias dickem, weichem Teppich auf.

Gloria saß vor ihrem Schreibtisch, hatte das Kinn auf beide Hände gestützt und himmelte ein Foto an. Es zeigte Mike und sie auf dem Schulball.

Gloria sah ihn von der Seite schwärmerisch an. In ihrem langen weißen Kleid war sie hübsch wie ein Fotomodell. Mike fühlte sich sichtlich unwohl in seinem Anzug, machte aber gute Miene. Ernst, wie es so seine Art war, blickte er in die Kamera. Seine roten Haare leuchteten. Eigentlich interessierte er sich nur für Technik, Physik und Chemie.

Man hätte glauben können, dass Gloria und Mike nichts gemeinsam hatten. Doch die beiden verstanden sich prächtig. Gloria konnte ihm stundenlang zuhören, wenn er über Dinge sprach, von denen sie keinen blassen Schimmer hatte. Er hingegen liebte ihr fröhliches Lachen und ihre Leichtigkeit.

Glorias Mini-Laptop lag offen auf dem Bett. Vicky musste nur eine leichte Bewegung machen und schon war sie dort. Sie konzentrierte sich auf den Einschaltknopf.

Pling!

Gloria schoss in die Höhe. Sie stürzte ans Bett, sah den Computer hochfahren, und begann an ihren schönen Fingernägeln zu kauen.

Der Laptop war startklar. Einladend blinkte der Cursor. Vicky tippte mit Gedankenkraft.

Ich bin es! Vicky!

Da fing Gloria an, wild herumzuhüpfen. „Iiiiii“, kreischte sie wie ein kleines Mädchen. „Ich kann das immer noch nicht fassen. Iiiii, ist das aufregend.“

Reg dich ab! Sonst siehst du mich nie wieder!!!

„Wieso?“, wollte Gloria wissen. Sie zwang sich, ernst zu bleiben.

Du musst für Nessa Essen machen lassen! Zum Abnehmen!

Die Ratlosigkeit stand Gloria ins Gesicht geschrieben. „Wieso?“

Mach einfach!!!!!!!!!!!!!

Schnell griff Gloria nach einem schnurlosen Telefon und wählte. „Charlotte, ich bin es, Glörchen.“

Was war das für ein Name? Vicky hatte ihn noch nie gehört.

„Könnten Sie für meine Freundinnen ein paar Häppchen machen? Für Vicky und mich was Leckeres und für Vanessa diese netten Köstlichkeiten ohne Kalorien, die Mam immer isst. Geht das? Ja! Wie süß. Danke, Charlottchen.“

Gloria drehte sich um und blickte genau in die Richtung, in der Vicky nicht stand. Als könne sie Vicky sehen, sagte sie: „Erfüllt und erledigt. Zufrieden?“

Die Wirkung, die Vicky sich erhofft hatte, trat ein. Diese kalorienlosen Häppchen mussten wirklich ein Wunderzeug sein. Ihre menschliche Gestalt kehrte zurück.

„Ja, absolut gut!“, sagte sie erleichtert.

Quietschend stürmte Gloria zu ihr. Sie kreischte und zappelte, als stünde sie auf einer glühenden Herdplatte.

„Brauchst du einen Schlag auf den Kopf, oder so?“, bot Vicky an.

Gloria blieb stehen und deutete mit ausgestrecktem Zeigefinger auf Vicky.

„Du hast es wieder …!“

„Ja, ich war wieder ein Engel.“

Gloria schüttelte den Kopf. „Meine ich nicht. Du hast wieder ‚absolut‘ gesagt. Das ist dein Lieblingswort, aber in letzter Zeit hast du es nicht mehr verwendet.“

„Echt? Absolut nicht?“

„Schon wieder!“, krähte Gloria und klatschte in die Hände.

„Beruhig dich“, sagte Vicky matt und ließ sich auf die Bettkante sinken. Gloria erschien vielleicht manchmal einfältig, war aber alles andere als dumm. Vor allem spürte sie sofort, wenn mit einer ihrer Freundinnen etwas nicht in Ordnung war. Sie setzte sich neben Vicky und stieß sie mit der Schulter an.

„Ist das anstrengend so als Engel … also … du weißt schon … ich meine …?“

Vicky lächelte schief. „Mein stinknormales Leben war absolut genug.“

„Absolut“, flüsterte Gloria wie ein Echo.

„Weißt du, meine zerstreute Mam mit ihren selbst gebrauten Shampoos und Hautcremes ist nicht immer einfach. Dazu Sally, die ständig Regenwürmer essen will.“

„Ich hätte gern eine kleine Schwester“, warf Gloria ein.

„Ich leih dir meine für ein paar Tage“, bot Vicky an. „Dad hat sich etwas beruhigt, seit Isabella nicht mehr so viel Druck macht. Sie ist nach dem Schulball viel netter geworden. War absolut gut, dass ich ihr meine Meinung gesagt habe."

Isabella war die zweite Frau von Vickys Vater. Vicky hatte ihr deutlich gemacht, dass das ewige Herumgenörgele an ihrer Mutter nervte. Und dass die Situation für ALLE schwierig war.

Gloria stützte die Arme hinter sich auf die Decke. Sie legte den Kopf in den Nacken und meinte: „Ich wäre froh, wenn es bei uns nur halb so laufen würde wie bei euch."

„Deine Eltern sind nicht geschieden!"

Gloria stieß ein bitteres Lachen aus. „Es wäre besser, sie würden sich endlich scheiden lassen. Sie krachen sich jeden Tag. Und jeden Abend. Eigentlich immer, wenn sie sich sehen. Und sie haben schon getrennte Zimmer", seufzte Gloria.

„He, weinst du?" fragte Vicky.

Hastig wischte sich Gloria über die Augen und zog durch die Nase hoch. „Es geht schon vorüber und meine neue Wimperntusche ist zum Glück wasserfest."

Wahnsinnsengel im Einsatz

Die Zimmertür wurde aufgestoßen und Nessa wirbelte herein. Sie trug ein wadenlanges Hemd, mit dem sie ihre Fülle ein bisschen zu verbergen versuchte.

„Freude und Schwachsinn, Schwestern", grüßte sie. Suchend sah sie sich um. „Wo ist was Essbares? Was ist DAS denn? Ratten?! Kann man die grillen?"

„Spinnst du! Die Knuddel-Knuffies hat mein Bruderherz mir geschenkt", empörte sich Gloria.

Schulterzuckend schleuderte Nessa ihre Tasche auf den Schreibtisch. „Meine Mam dreht völlig durch! Demnächst wird sie mich wie im Kerker bei Wasser und Brot halten."

„Snacks sind unterwegs." Gloria sprang vom Bett. „Können wir dann das *Wilde-Wahnsinnsengel*-Treffen eröffnen?"

„Habe im Moment nur die halbe Denkleistung, Lady!", warnte Nessa. Sie plumpste in einen Sitzsack, der ein gequältes *Ufff* ausstieß.

Gloria tippte auf ihren Mini-Laptop ein und rief die neuen Eintragungen auf. „Wir haben großen Zulauf. Bestimmt wegen der Klassenfahrt."

„Hab ich ganz vergessen." Vicky erschrak. Sie dachte an White. Drei Tage Klassenfahrt bedeuteten, sie würde ihn ganz bestimmt nicht sehen.

„Erde an Vicky, Erde an Vicky, bitte melden!", trällerte Gloria.

Vicky schreckte hoch und grinste entschuldigend.

„Wo warst du?“, fragte Nessa.

„Nirgends.“ Vicky winkte ab.

Gloria senkte den Kopf über den kleinen Bildschirm.

„Kennt jemand von euch Eugenie Baker?“

„Eugenie? Was’n das für ein Name?“, ätzte Nessa und streckte sich.

„Sie behauptet, sie geht in unsere Parallelklasse.“ Gloria ließ den Fingernagel suchend über eine lange Liste von Namen gleiten. „Dachte ich mir“, verkündete sie wie eine Kommissarin, die gerade dabei war, den Täter zu überführen. „Wir haben keine Eugenie Baker in der Schule. Da verwendet jemand einen Decknamen.“

„Spannend!“, grunzte Nessa.

„Was schreibt sie?“, wollte Vicky wissen.

Jemand klopfte und trat ein. Eine pummelige Frau mit einer Kochschürze umgebunden brachte ein großes Tablett. Es war beladen mit Tellern, auf denen sich leckere Häppchen türmten, und winzigen Gläsern, in denen Gemüsesticks in bunten Dips standen.

„Danke, Charlottchen“, zwitscherte Gloria. Nessa kam sofort näher und begutachtete die Köstlichkeiten.

„Mam kriegt einen Herzstillstand, wenn sie mich das essen sieht.“

Charlotte wischte sich die Hände an der Schürze ab. „Kein Grund für einen Herzstillstand. Das ganze Tablett hat weniger Kalorien als eine Pizza.“

Nessa grinste. „Und die Sachen, die drauf stehen?“

Die Köchin tat, als würde sie Nessa eine Kopfnuss geben. Danach zog sie sich grinsend zurück.

Bevor die Mädchen sich wieder den Mails zuwandten, verputzten sie alles bis auf den letzten Krümel.

Gloria kontrollierte Make-up und Lippenstift im Spiegel an der Wand. Dann begann sie vorzulesen. Eugenie Baker, oder wie auch immer sie hieß, hatte den Engeln Folgendes geschrieben:

Hallo, ich finde so ziemlich alles an mir hässlich. Ich habe keinen Busen, zu kurze Beine, zu große Hände, eine zu lange Nase und ein schiefes Kinn. Ich bin mir sicher, dass mich höchstens dieser Neue hübsch findet. Er heißt Marco, hat immer einen roten Kopf, und sieht meistens aus, als hätte er in seinem T-Shirt geschlafen.
Soll ich ihn anquatschen? Ich meine, er muss doch froh sein, wenn überhaupt ein Mädchen mit ihm gehen will. Ihr seid bestimmt meiner Meinung.
Antwortet schnell.
Eugenie Baker

Und wer seid ihr eigentlich? Lehrer? Das sagen nämlich einige.

Nessa klatschte in ihre Hände, die sie über den Kopf gestreckt hatte. „Lehrer! Lehrer, die eine Liebesdetektei betreiben! Diese Eugenie muss gegen einen besonders dicken Baum gerannt sein."

Vicky schüttelte den Kopf. „Für mich klingt der Eintrag irgendwie faul. Ich meine, zuerst macht sie sich selbst runter, dann auch noch Marco. Warum?"

Gloria tippte die Fingerspitzen aneinander. „Ich weiß, du hast eine Schwäche für Marco, Vicky, aber ... Er sieht wirklich so aus, als ob er in seinen Kleidern schläft. So ein bisschen neandertalermäßig.

„Jetzt übertreib nicht!“, brauste Vicky auf.

„Ertappt, ertappt, er ist dir nicht egal!“, jubelte Gloria.

Nessa beendete die kleine Auseinandersetzung. „Schreib zurück“, diktierte sie. „Hallo Eugenie, stell dich vor den Spiegel und sag hundertmal: Ich bin die Schönste. Das machst du hundert Tage lang. Danach küsst du jeden Tag den Spiegel, als Stempel, dass du die Übung gemacht hast. Außerdem musst du dir den Mund mit Shampoo auswaschen, damit du andere nie wieder so runtermachst. Nach hundert Tagen findest du bestimmt deinen Traumprinz. Schreib uns, ob es geklappt hat. Alles klar? WW“

„WW?“, wiederholte Gloria. „Was heißt WW?“

„Wimmernde Winselschweine!“

„Wieso soll ich das tippen?“

„Lady, bitte schalt deine letzten drei Gehirnzellen kurz ein. Was bedeutet WW? Ich geb dir einen Tipp: Wilde Waaaah...“

„...nsinnsengel!“, ergänzte Gloria begeistert. „Ich dachte schon, es wäre eine Klamottenmarke.“

Pling! Die Antwort war abgeschickt. Sie nahmen sich den nächsten Eintrag vor.

Hallo Wahnsinnsengel,
ich habe mich in den Freund meiner Schwester verliebt. Ich kann nichts machen. Es geht einfach nicht vorbei. Ich glaube, er mag mich auch. Aber sicher

bin ich mir nicht. Und wenn er mich mag, wie sage ich das meiner Schwester? Sie wird mich umbringen.
Ihr sollt richtig gut sein. Könnt ihr mir helfen?
Kelly Mansfield

Gloria erklärte: „Kelly Mansfield ist eine Klasse über uns, ihre Schwester zwei. Sie heißt Monique."

„Und wie heißt der Freund?", fragte Nessa.

Gloria sah nach. „Hat sie nicht geschrieben."

„Wir brauchen aber seinen Namen. Lass sie das wissen."

Flink gab Gloria eine kurze Antwort ein, in der sie um den Namen des Jungen bat.

Vicky sah die Sache etwas anders. „Sollten wir ihr nicht besser schreiben, dass sie einfach die Finger von ihm lassen soll?"

Damit war Gloria nicht einverstanden. „Es kann doch sein, dass er Kelly wirklich mag und nur nicht weiß, wie er von Monique wegkommen soll, ohne sie zu verletzen."

Das musste Vicky gelten lassen.

Es folgten jede Menge Scherzeinträge, von denen einer lautete:

Hallo,
es geht um Rixi (9f) und Momo (8b). Passen sie zusammen?
Jemand, der es gut mit ihnen meint.

Der Name Rixi machte die *Wahnsinnsengel* stutzig. Im Schülerjahrbuch war er nicht zu finden. Momo auch nicht.

Gloria kannte ein Mädchen aus der 9f und rief sie einfach an. Vicky und Nessa beobachteten sie beim Telefonieren. Eine Weile war nur: „Ach was? Wie süß! Niedlich! So etwas Schnuckeliges! Echt putzig!“ zu hören. Als Gloria aufgelegt hatte, meinte Nessa: „Und? Was ist Rixi für ein Zuckerjunge?“

„Er ist nicht sehr sauber und kackt viel.“

„Wie bitte?“ Die Freundinnen glaubten, sich verhört zu haben. Außerdem waren sie ein Wort wie „kackt“ aus Glorias Mund nicht gewohnt.

„Sie passen übrigens nicht zusammen, da Momo eine Killerin ist.“

„War was in den Häppchen?“, fragte Nessa zweifelnd.

„Rixi ist ein Goldfisch, Momo ein Kampffisch. Sie sind die Maskottchen der Klasse und leben in Aquarien auf dem Fensterbrett“, löste Gloria das Rätsel.

Der letzte Eintrag war ein ganz besonderer:

Hallo Wahnsinnsengel,
schreibt ihr auch Liebesbriefe? Ich mag einen Jungen. Er ist süß. Ich kann aber nicht schreiben. Mir fällt nix ein.
Er heißt Philipp. Grüne Augen. Muttermal am Kinn. Mag Gedichte. Liest ständig. Sehr gescheit. Küsst gut. Mag keine Pizza und Hamburger.
Schreibt mir bitte was. Ich zahle auch.
Trau mich nicht, meinen Namen zu nennen.

Freudig rieb sich Nessa die dicken Hände. „Das machen wir doch mit links.“

„Kannst du so was denn?“, fragte Gloria zweifelnd. Nessa hasste es, Aufsätze zu schreiben.

„Und wie. Ich bin Großmeisterin der Liebesbriefe!“

„Lass hören!“

Gloria setzte sich in Tipp-Position hin. Gespannt stützte sich Vicky auf die Ellbogen.

„Fang so an: Liebster Philipp, wenn ich an dich denke, ist mein Kopf ganz leer. Du bist für mich der Größte. Deine Augen sind so grün wie das Moos im Wald, wo ich gerne mit dir liegen möchte. Jeder deiner Küsse elektrisiert mich. Ich gäbe viel dafür, ein Gedicht schreiben zu können, das ausdrückt, wie verrückt ich nach dir bin. Nach dir und dem süßen Muttermal an deinem Kinn.“

Immer wieder vertippte sich Gloria, weil sie so kichern musste. Vicky rollte sich lachend auf den Rücken. Dabei vergaß sie sogar White und ihren Wunsch, ihn wiederzusehen. Es tat so gut, wieder ein normales Mädchen zu sein.

Doch Nessa war noch nicht fertig. „Oh Philipp“, fuhr sie fort, „ich werde für dich kochen lernen, damit du niemals Hamburger oder Pizza essen musst. Am besten, wir kochen gemeinsam, Schulter an Schulter in der Küche, ein Liebesmahl. Auch wenn du diesen Brief vielleicht dumm findest und denkst, dass die großen Dichter der Welt es viel besser hätten sagen können, so sollst du doch wissen, dass jede Zeile aus meinem Herzen kommt. Und dort bist auch du. Muss nur noch unterschrieben werden.“

Vicky klatschte Beifall. Gloria konnte sich nicht mehr halten und brach in schallendes Gelächter aus.

„Hast du noch andere versteckte Talente?“, erkundigte sich Vicky bei Nessa. Nicht in ihren wildesten Träumen hätte sie sich vorgestellt, dass ihre Freundin einen solchen Kitsch erfinden konnte.

Aus dem unteren Stockwerk der Villa kamen plötzlich laute Stimmen.

„Du bist so ein Unmensch!“, schrie Glorias Mutter.

Vicky beobachtete, wie Gloria unglücklich den Kopf einzog. Heftig schob sie den kleinen Laptop von sich weg und presste die Hände auf die Ohren.

„Ich halt das nicht mehr aus!“, jammerte sie.

Gloria rutschte vom Bett. Sie holte eine große Ledertasche aus dem Wandschrank und stopfte Klamotten, Schminkzeug und einen kleinen Beutel hinein, aus dem eine Zahnbürste ragte. Bittend sah sie Vicky an: „Kann ich bei euch schlafen?“

Vicky wusste, dass ihre Mutter nichts dagegen haben würde.

... BIN DEINE FREUNDIN ...

Als Vicky ihr Fahrrad unter dem Regendach im Schulhof abstellte, parkte Nessa ihres daneben.

„Grmmm“, brummte sie. Das bedeutete in Nessa-Morgenmuffel-Sprache „Guten Morgen!“.

Vicky nickte Nessa zu, sah aber an ihr vorbei. Ein paar Radständer weiter hatte sie Marco entdeckt. Er war gerade dabei, sein Schloss durch das Vorderrad zu fädeln.

„Manchmal glaube ich, er lauert hinter dem Fenster, bis ich das Haus verlasse, damit er mir nur ja nicht über den Weg läuft.“

„Hmmm“, machte Nessa. So früh war von ihr nicht mehr zu erwarten.

Ein Junge kam auf den Hof. Vicky erkannte ihn sofort an seinem Rad und seiner Frisur. Es war Aaron, der Kapitän des Footballteams, ein absoluter Draufgängertyp.

Aaron besaß eines dieser ultraleichten Rennräder, die sonst Profis fuhren. Sein Kopf war an den Seiten kahl rasiert, nach oben stand ein wilder, blonder Kamm. Die meisten Mädchen der Schule schwärmten für ihn. Aber Aaron hatte seit der siebten Klasse eine feste Freundin namens Lisa.

Es schien als hätte Marco auf Aaron gewartet.

Lässig schob Aaron das Rad mit nur einer Hand zum Ständer und setzte es dort ab. Marco stellte sich hinter ihn und sprach ihn an.

In Vicky erwachte die Neugier. Langsam schlenderte sie näher. Dabei spielte sie mit dem Tragegurt ihrer Umhängetasche, als müsste sie die Länge einstellen.

„... in meiner alten Schule auch im Team“, hörte sie Marco sagen. Er klang nervös.

„Wir können uns das ja mal ansehen“, meinte Aaron, ohne Marco weiter zu beachten.

„Kann ich beim Training mitmachen?“

Aaron musterte ihn kritisch. „Bist du fit? Siehst nicht gerade so aus.“

Marco bekam ein knallrotes Gesicht. „Klar bin ich fit.“

„Das sind keine Muskeln, das ist Fett!“, sagte Aaron abfällig und deutete mit dem Kinn auf Marcos Bauch.

„Vergiss es“, brachte Marco gerade noch heraus, dann drehte er sich um und hastete davon. Dabei stieß er mit Vicky zusammen.

„Hallo!“, grüßte Vicky verlegen.

Marco starrte sie feindselig an.

„Ich hab gar nichts gehört“, versicherte Vicky. Im nächsten Augenblick war sie deshalb auf sich selbst wütend. Dümmer hätte sie sich wirklich nicht anstellen können!

„Lass mich in Frieden!“ Marco machte eine unbeholfene Handbewegung und war auch schon verschwunden.

Mist, dachte Vicky.

Auf dem Weg zur Klasse traf sie Cindy und die Kletten.

Cindy ließ gerade ihre neue Handtasche – natürlich von einem teuren Designer – von ihren drei treuesten Anhängerinnen ausgiebig bewundern.

„Das Modell gibt es zurzeit nur im Flagship-Store in Paris. Aber Dad hat eine über einen Kollegen bekommen.“

Die drei Kletten brachen in bewunderndes „Oh!“ und „Toll!“ aus.

„Glotz nicht so!“, fauchte Cindy Vicky an.

Unbeirrt starrte Vicky sie weiter an.

„Du sollst nicht so glotzen!“, kam eine der Kletten ihrer Herrin sofort zu Hilfe.

Nessa, die bisher schlaftrunken neben Vicky hergetrottet war, erkannte sofort, was zu tun war. Sie blieb neben Vicky stehen und sah Cindy ebenfalls herausfordernd an.

„Spinnt ihr völlig?“ Cindy wurde unruhig.

Vicky und Nessa standen stumm da und ließen sie nicht aus den Augen.

„Blöde Kühe!“ Cindy warf den Kopf in den Nacken und gab ihrem Tross ein Zeichen, ihr zu folgen. Nach ein paar Schritten drehte sie sich um, musste aber feststellen, dass Vicky und Nessa ihr noch immer nachsahen.

„Ich krieg Gänsehaut von solchen Irren“, sagte sie.

Bestimmt hat sie noch nicht überwunden, vom Schulball ausgeschlossen worden zu sein, dachte Vicky. Die Direktorin hatte versucht, herauszufinden, wer hinter den *Wilden Wahnsinnsengeln* steckte. Geschickt hatten Gloria, Vicky und Nessa den Verdacht auf Cindy gelenkt.

Nachdem Cindy um die Ecke verschwunden war, bewegten sich Vicky und Nessa wieder. Grinsend klatschten sie die Hände in der Luft zusammen.

Gloria kam an diesem Tag erst zur zweiten Stunde. Sie war nach dem Frühstück bei Vicky noch mal zu sich nach Hause gefahren.

„Ich musste mit Madonna zum Arzt“, sagte sie bekümmert. „Es sieht nicht gut aus. Sie musste dort bleiben.“

„Robbie Williams, Pink und Amy Winehouse geht es aber gut?“, erkundigte sich Vicky.

„Robbie wird gerade kastriert. Danach wird er nicht mehr der Alte sein.“

„Wundert's dich?“, knurrte Nessa.

Gloria legte vier kleine Fotos auf den Tisch. Sie zeigten die Ratten.

„Du hast sie fotografiert?“, fragte Nessa fassungslos.

„Wenn Madonna nur nicht eingeschläfert werden muss“, jammerte Gloria.

In der zweiten Stunde hatten die drei Geschichte bei Mr Nieson.

„Hier kommt der Spaßkiller“, sagte Nessa trocken, als der Lehrer die Klasse betrat. Das traf den Nagel auf den Kopf. Mr Nieson war mittleren Alters und keiner konnte ihn leiden.

Gloria regte sich immer über seine langweiligen Hemden, Hosen und Jacketts auf, die er wohl vom Flohmarkt hatte. Die Farben waren ihrer Meinung nach schon altmodisch gewesen, als die Sachen noch neu waren.

Nessa war der Meinung, dass Mr Nieson in seinem Leben bestimmt noch nie gelacht hatte.

Vicky konnte es nicht ausstehen, dass Mr Nieson sich immer wieder ein Opfer unter den Schülern suchte, dem er dann wochenlang die Hölle heiß machte.

„Wir bereiten heute das Projekt für die Klassenfahrt vor“, verkündete Mr Nieson, nachdem er seine Bücher und Unterlagen mit einem Knall auf dem Lehrertisch abgelegt hatte. Damit versuchte er sich immer Ruhe zu verschaffen oder wenigstens Aufmerksamkeit.

„Der fährt mit? Gott steh mir bei!“, entfuhr es Gloria.

„Das Ziel der Fahrt ist Broadgate, eine Gemeinde mit nur knapp dreitausend Einwohnern an der Ostküste. Fächerübergreifend wird es eure Aufgabe sein, die Entwicklung des Ortes in den vergangenen Jahren zu erforschen und aufzuzeichnen. Dabei gilt das besondere Augenmerk der Ausbreitung der Siedlung, dem Einfluss von Seefahrt und Handelsstraßen, Klima und technischen Entwicklungen wie Eisenbahn und Auto.“

„Ich bleib hier“, verkündete Nessa düster.

„Erlauben deine Eltern nie!“, flüsterte Gloria.

„Am Abend wird es doch immer ganz lustig“, versuchte Vicky ihre Freundinnen aufzumuntern.

Nessa deutete mit den Augen zu Mr Nieson. „Und wie überstehen wir bitte den Tag mit dieser Killerpflanze auf Beinen?“

Nach der Schule wollte Vicky eigentlich sofort nach Hause fahren. Irgendwie lenkte ihr Fahrrad dann aber wie von allein in Richtung des alten Parks. Als sie bemerkte, wo sie sich befand, kurvte sie zuerst ziellos durch die Nebenstraßen. Immer enger wurde der Kreis, den sie zog. Schließlich stand sie am schmalen Durchgang.

Langsam schob sie das Fahrrad Richtung Park.

Eigentlich wollte sie zu Azrael, aber sie konnte einfach nicht.

Er wird nicht mit mir sprechen, er wird nur wütend sein, befürchtete sie. Irgendwie wollte sie sich das ersparen.

Sie lehnte sich gegen die Hausmauer. Ein dumpfer Schmerz bohrte in ihrer Brust. Sie blickte nach oben zum blauen Himmel, an dem eine einzelne weiße Schäfchenwolke schwebte.

Zuerst dachte sie, es sei der Wind, der über ihre Haut strich. Sie spürte die Kühle und hörte ein Rascheln.

Doch es wehte gar kein Wind. Und das Rascheln war ein Wispern. Aufgeregt sah sie sich nach allen Seiten um.

Da war es wieder! Vicky hielt den Atem an und versuchte, die Worte zu verstehen.

„... Freundin ...“

Vicky lauschte wie versteinert.

„... deine Freundin ...“

Wer ist da, fragte Vicky in Gedanken.

Die Stimme blieb sehr leise und fast unverständlich.

„... deine Freundin ... deine Freundin ... Du kennst mich.“

„Wo bist du?“, fragte Vicky leise. Prüfend sah sie sich um. Es schien niemand in der Nähe zu sein.

Ihr Atem beschleunigte sich. Vicky spürte ihren Herzschlag im Hals. Auch er wurde schneller und schneller.

Halblaut fragte sie: „Wer bist du? Wo bist du?“

„... deine Freundin ... deine Freundin ... Vicky, ich ...“

Die Stimme klang hoch, dünn und weit entfernt. Unwirklich weit entfernt.

„Ich bin es. Vicky, ich will dich warnen!“

„Wieso sehe ich dich nicht?“, wollte Vicky wissen.

„Weil du deine menschliche Gestalt hast und ich ein Engel bin. Aber bleib, wie du bist. Ich kann auch so zu dir sprechen.“

Vicky klammerte sich an den Griffen ihres Rads fest. Ihre Arme zitterten und ihre Beine fühlten sich butterweich an.

„Wovor willst du mich warnen?“, flüsterte Vicky.

Die Stimme schwieg. Vicky wartete und ihre Unruhe wuchs mit jeder Sekunde, die verstrich.

„Sag es mir, bitte. Was meinst du mit ‚warnen‘? Wovor?“

„Vertraust du mir?“

Die Frage kam unerwartet.

„Ich kenne dich nicht wirklich. Ich ... ich weiß nicht ...“

„Du musst mir vertrauen.“

„Aber wieso?“

„Ohne dein Vertrauen kann ich dir nicht helfen.“

Etwas Kaltes strich über Vickys linken Arm hinweg. Sofort stellten sich die feinen Härchen auf und Vicky bekam Gänsehaut.

„Wo gehst du hin? Bleib da!“, sagte Vicky drängend.

„Ich werde dir beweisen, dass du mir vertrauen kannst.“

„Wie?“

„Bis bald, Vicky.“

Das Wispern verklang wie ein fernes Echo.

Auf dem Fahrrad kauernd, sank Vicky in sich zusammen. Tränen tropften neben ihr auf den grauen Beton. Energisch wischte sich Vicky über das Gesicht. Was nützte es, zu heulen? Gar nichts. Sehnsüchtig blickte sie zum kleinen Park. Hätte sie Azrael doch nur nie geküsst!

Ich bin hier

„Hallo Vicky!" Eine sehr dünne Frau mit stahlgrauen Haaren winkte über den Gartenzaun. Vicky bremste und hielt neben ihr.

„Tag, Mrs Sayer", grüßte sie.

Die Nachbarin zog die Stirn kraus. „Nancy, nenn mich bitte Nancy."

„In Ordnung. Also, Tag, Nancy!"

„Wie geht's denn so?" Nancy schien Lust auf eine kleine Unterhaltung zu haben. Auf einen Spaten gestützt stand sie da und lächelte Vicky offen an.

„Ach, so das Übliche", antwortete Vicky. „Und bei Ihnen? Schon eingewöhnt?"

Nancy Sayer blickte zu ihrem Haus. „Sag bitte du! Nancy und du! Eingewöhnt haben wir uns noch nicht so ganz. Der Umzug kam sehr kurzfristig. Billys Firma hätte ihn nicht so über Nacht hierher versetzen müssen."

„Ist der Job wenigstens spannend?"

„Muss er wohl sein. Bill verlässt das Haus früh und kommt keinen Tag vor neun heim." Es war herauszuhören, dass seine Frau darüber nicht sehr begeistert war. Ihr Blick wanderte zum ersten Stock, wo in dem Moment ein Fenster geschlossen wurde. Vertraulich sagte sie: „Marco fühlt sich auch noch nicht ganz zu Hause."

„Ist auch nicht einfach, so kurz vor den Ferien in eine neue Schule zu kommen", sagte Vicky.

Mrs Sayer nickte bekümmert. „Redet er mit dir?"

Vicky sah zum Fenster hinauf. Sie bewegte sich ein wenig von Nancy weg. Falls Marco zu ihnen heruntersah, sollte er nicht denken, sie würde über ihn reden.

„Ach ... er ... er macht das schon. Marco kann wirklich gut kochen."

„Da kann ich dir nur zustimmen!" Nancy Sayer lachte. „Ich wüsste nicht, was ich ohne ihn täte." Sie setzte ein zerknirschtes Gesicht auf. „Ich selbst habe nämlich zwei linke Kochlöffel." Sie lachte wieder. „Bill war bei uns der Koch, bis er Karriere gemacht hat. Marco hat's übernommen."

Auf dem Nachbargrundstück tauchte Pru Cassady hinter den hohen Büschen auf. Mit ihrem Strohhut und der grünen Gärtnerschürze erinnerte sie an eine Blumenfee.

„Schönen Nachmittag!", wünschte sie.

Mrs Sayer winkte erfreut und ging zu ihr.

Das Fenster im ersten Stock wurde geöffnet. Kurzerhand fasste Vicky einen Entschluss und betrat das Haus der Sayers. Sie ging nach oben und klopfte an Marcos Tür.

„Ich koche heute nicht", kam es von drinnen.

„Schade", sagte Vicky. „Ich hätte dringend richtiges Essen nötig."

Die Tür wurde einen Spalt geöffnet. Marco starrte sie an. Sein Gesicht war verschwitzt und rot vor Anstrengung. Er trug seine Sportsachen.

„Trainierst du?", fragte Vicky.

„Was interessiert dich das?"

„War nur eine Frage!" Vicky ging einen Schritt zurück und hob abwehrend die Arme. „Kein Grund, mir an die Gurgel zu gehen."

„Brauchst du was?"

„Haben wir zwei ein Problem miteinander?", wollte Vicky wissen.

Verlegen zog Marco an seinem T-Shirt.

„Nein. Kein Problem."

„Gut. Ich dachte schon …"

Sie standen sich gegenüber und schwiegen.

„Aaron ist ein Großmaul und ein Angeber!", sagte Vicky. „Außerdem soll er bei so Wahnsinnsspielchen mitmachen. Du weißt schon! Mutproben. Er ist absolut nicht dicht."

„Er ist Kapitän des Footballteams!", entgegnete Marco.

„Er ist aufgeblasen. Ihn himmeln zu viele Mädchen an. Deshalb denkt er, er sei der Nabel der Welt."

Darüber musste Marco grinsen.

„Wieso willst du nicht mehr kochen?"

Marco wurde sofort wieder ernst. Er sah an sich herab. Schlank war er nicht gerade. Vicky verstand, was er meinte. „Es gibt doch auch Sachen, die nicht dick machen", schlug sie vor.

Wahrscheinlich hätte sie gerade DAS nicht sagen sollen. „Ist doch egal!", brummte er und schlug die Tür zu.

„Sehr freundlich", schnaubte Vicky. Sie ärgerte sich über Marcos Verhalten und über sich selbst.

Als sie die Treppe hinunterstieg, blieb sie auf halbem Weg stehen. Sie umklammerte das Geländer und sah sich um. Das konnte nur eine Täuschung gewesen sein!

Wieder diese Kälte. An ihrem rechten Arm. Als hätte sich jemand von oben an ihr vorbeigedrängt, um schneller unten zu sein.

Prüfend tastete sie über ihre Haut. Sie fühlte sich noch immer kühl an. Zum Vergleich strich sie über den anderen Arm. Dort war die Haut wärmer.

Vicky atmete schneller.

Wer ist da, fragte sie in Gedanken.

„... deine Freundin ... Vicky ... gib acht. Gib acht!“

Das Wispern wurde deutlicher.

„Wer bist du?“, wiederholte Vicky halblaut.

Ein verfaulter Geruch stieg in ihre Nase.

Es war ein Geruch, der sie immer alarmierte. Der Hauch des Todes.

Sie fasste sich an die Kehle, weil ihr übel wurde. Schnell ging sie ein paar Schritte weiter runter. Sie flüchtete ins Freie. Dort war der Gestank sofort verflogen. Nachdem Vicky ein paar Mal tief durchgeatmet hatte, steckte sie den Kopf noch einmal zurück in die Diele der Sayers. Wenn sie sich nicht getäuscht hatte, war jemand aus diesem Haus in Gefahr. Sie würde wachsam sein müssen.

Doch jetzt war nichts mehr zu riechen. Vicky stieg ein paar Stufen nach oben bis zu der Stelle, an der sie die Kälte gespürt hatte. Sie schnupperte nach allen Seiten, konnte aber keinen Todeshauch mehr wahrnehmen.

Hatte sie sich getäuscht? Roch sie den Gestank schon, wenn er gar nicht da war? War sie einfach überdreht?

In Gedanken versunken, verließ sie das Haus.

„Dann in einer Stunde bei uns“, hörte sie ihre Mutter.

„Was für eine nette Einladung“, bedankte sich Mrs Sayer. Sie kam vom Zaun zurück. „Marco und ich kommen zum Grillen zu euch“, sagte sie. „Was können wir mitbringen? Deine Mam will nichts sagen.“

„Eis. Eis für Sally. Dann gibt sie Frieden", fiel Vicky ein. „Ich fahre los und hole welches!"

Sally ließ sich von Mrs Sayer über den wilden Lockenkopf streicheln.

„Na, du kleiner Engel?", flötete Mrs Sayer.

Pru Cassady kämpfte mit dem Grill und der Holzkohle, die nicht richtig glühen wollte.

„Ich habe es im Guten versucht", stellte sie fest und legte den Blasebalg weg. „Aber ich kann auch anders."

Mrs Sayer warf Vicky einen fragenden Blick zu, als Pru Richtung Küche stapfte.

„Bin kein Engel!", verkündete Sally. „Bin ein Teufel." Ihre kleinen Augen blitzten vergnügt.

„Ein Teufelchen? Was denn für ein Teufelchen?", fragte die Nachbarin. Sie redete in einer Babysprache, die Sally nicht mochte. Vicky wusste das, wollte Mrs Sayer aber nicht belehren.

„Ich habe eine Gabel und mit der steche ich!" Sally nickte mit großem Ernst.

Leider beging Mrs Sayer den Fehler zu lachen. Sally drehte sich beleidigt um und zog ab.

„Marco, komm endlich! Du kannst dich hier wirklich nützlich machen", rief Mrs Sayer über den Zaun.

Um die Hausecke kam Bill Sayer. Er war ein Riese von einem Mann, neben dem seine Frau wie ein Zwerg wirkte. Nachdem er Nancy herzhaft auf die Stirn geküsst hatte, schüttelte er Vicky fest die Hand. Dann drehte er sich um und rief zum Gartentor: „He, Marco, hier steigt die Grillparty."

Widerwillig gesellte sich Marco zu seinen Eltern und Vicky. Er trug ein frisches blaues Hemd und weite weiße Hosen. Sah gut aus, fand Vicky.

Pru kehrte aus der Küche zurück und schwenkte eine Flasche. „Werden wir doch sehen, ob wir die Holzkohle zum Brennen bekommen." Bevor jemand sie bremsen konnte, hatte sie auch schon etwas von dem klaren Inhalt der Flasche über den Grill gegossen. Schwungvoll warf sie ein brennendes Streichholz hinterher.

Die Stichflamme schoss bis zu den Ästen des Kirschbaums hinauf und grillte die Kirschen, die schon fast reif waren. Mit einem Aufschrei sprang Pru zurück und packte den Gartenschlauch.

„Nicht!", schrie Marco und riss ihn ihr aus der Hand.

Die Flammen loderten bereits kleiner.

„Wo ist Sally?", fragte Pru. Sie rief Sallys Namen und eine hektische Suchaktion begann. Sie endete mit einem Aufschrei von Nancy Sayer. Als die anderen zu ihr gestürzt kamen, rieb sie sich das Hinterteil. Neben ihr stand Sally und kicherte teuflisch, in der Hand die lange Grillgabel mit den zwei Zinken.

„Sie hat mich gestochen", erklärte Nancy entrüstet.

Vicky war nicht überrascht.

„Ich bin ein Teufel. Hast du selbst gesagt!", erinnerte Sally Nancy.

Pru rang entschuldigend die Hände, musste aber gleichzeitig schmunzeln. „Sally, du bist jetzt ganz brav, sonst bekommst du nichts von dem Eis, das Nancy mitgebracht hat", ermahnte sie ihre Jüngste.

„Doch!", protestierte Sally.

Bill Sayer nahm sie auf die Schultern und so kehrten sie zum Grill zurück.

Marco hatte mittlerweile die Holzkohle etwas aufgelockert und legte bereits die ersten Würstchen auf den Rost.

„Die sehen blass aus", meinte er.

„Alles Tofu", erklärte Pru.

Es wurde ein entspanntes, kleines Grillfest im Garten. Vicky zog sich mit ihrem Teller an den runden Bistrotisch im hinteren Teil des Gartens zurück. Sie war überrascht, als Marco auf einmal vor ihr stand.

„Darf ich ...?" Er deutete auf den freien Stuhl.

„Klar."

Marco setzte sich. Etwas unbeholfen rührte er mit seinem Tofuwürstchen in Prus selbst gemachter Barbecuesoße. Er kostete und hob erstaunt die Augenbrauen. „Schmeckt echt lecker. Ist das fertige Soße?"

„Nein. Mimutschka kauft nichts mit Konservierungsstoffen." Vicky rang nach Luft. Sie hatte gerade auf ein besonders scharfes Stück Chili gebissen.

„Sorry ... wegen vorhin ... und überhaupt", brummte Marco vor sich hin, ohne von seinem Teller aufzublicken.

„Schon okay", murmelte Vicky.

„Ich möchte wieder an meine alte Schule." Marco knabberte an seinem Würstchen wie ein Kaninchen an einer Karotte.

„Kann ich verstehen."

Sie schwiegen eine Weile.

„Ich bin ein Idiot", sagte Marco unvermittelt.

„Nein."

„Ich bin ein Idiot", wiederholte er.

Plötzlich war SEINE Stimme in Vickys Gedanken und sie erschrak so heftig, dass sie ihren Teller fallen ließ. Er landete im Gras, das letzte Würstchen fiel daneben.

„Was hast du?“, fragte Marco bestürzt. „Zahnschmerzen? War was in der Wurst?“

„Nein. Nein. Alles in Ordnung“, brachte sie heraus.

„Vicky, ich muss mit dir reden!“ Es war White. Sie hörte ihn in ihrem Kopf, als stünde er neben ihr.

Sie atmete schwer.

„Du bist nicht in Ordnung!“ Marco stand auf und warf einen hilflosen Blick zum Tisch, an dem seine Eltern mit Pru Cassady und Sally saßen.

„Lass. Alles in Ordnung. Echt!“

„Bitte, sprich mit mir. Ich muss mit dir reden. Sofort. Ich kann nicht lange bleiben.“

Vicky fiel es schwer, sich zu erheben. Sie hatte weiche Beine, die sie nicht sicher trugen.

„Ich ... ich komme gleich wieder“, entschuldigte sie sich bei Marco und entfernte sich.

Sie spürte, wie er ihr nachsah, drehte sich aber nicht um.

„Vergiss es“, hörte sie ihn leise sagen.

Nun drehte sie sich doch um.

„Was? Was vergessen?“

Marco schüttelte den Kopf und widmete sich wieder seinem Essen. Er war eingeschnappt. Hatte auch allen Grund dazu. Sie ließ ihn einfach sitzen. Dabei hatte er gerade versucht, etwas loszuwerden, was ihm offensichtlich schwer fiel.

„Bitte, komm! Bitte!“ White klang sehr eindringlich, beinahe flehend.

BRYAN

Vicky flüchtete zur Vorderseite des Hauses und in die Diele. Um bestimmt nicht belauscht zu werden, ging sie hinauf in ihr Zimmer. Sie schloss Fenster und Tür und ließ sich auf das Bett fallen.

Die bunten Möbel glühten im goldenen Licht des Abends.

„White … White …“, sagte Vicky.

„Ich bin bei dir. Komm, bitte, komm!“

„Aber wie? Ich kann doch nicht …“

„Doch! Du kannst. Du musst nur fest an mich denken. Ganz fest.“

„Werde ich … nehme ich dann meine Engelsgestalt an?“

„Ja.“

„Aber … aber das darf ich nicht.“

„Bitte, Vicky. Tu es.“

Vicky dachte an Azraels Warnung, aber sie schaffte es nicht, zu widerstehen. Es war einfach unmöglich. Sie holte tief Luft, schloss die Augen und stellte ihn sich vor, wie er bei ihrer letzten Begegnung ausgesehen hatte. Die ausgebleichte Jeans, das flatternde Hemd …

Da war sein Gesicht. Diese schönen Augen, die sanften Lippen, sein Lächeln.

„Ich bin hier“, sagte er sehr ruhig.

Langsam öffnete Vicky die Augen. Zuerst spähte sie nur durch ihre Wimpern. Das Zimmer war unverändert. Die

Eingangstür leuchtete knallorange, denn das stärkte laut Pru die Lebensenergie. Der Schrank dafür tiefblau und der Stuhl feuerrot.

Er saß vor ihr auf dem Boden, die Beine verschränkt, sehr aufrecht. White hatte sein Hemd gegen ein lockeres weißes Jackett getauscht. Das dunkle T-Shirt darunter hatte drei Knöpfe, die offen standen.

Er streckte Vicky, die noch immer auf der Bettkante saß, die Hände entgegen.

Die orangefarbene Tür wurde geöffnet. Pru Cassady steckte den Kopf herein.

„Vicky?" Sie sah sich suchend um und runzelte die Stirn. Dann ging sie wieder. White hatte recht behalten. Vicky war körperlos und unsichtbar geworden, nur durch das Denken an ihn.

Noch immer hielt ihr White die offenen Hände, die Innenflächen nach oben gedreht, entgegen. Als Vicky nicht reagierte, ließ er sie langsam sinken.

„Du traust mir immer noch nicht, richtig?"

Es war sinnlos, es zu leugnen, also nickte Vicky einmal kurz.

„Was willst du hier? Ein Leben nehmen?", fuhr Vicky ihn an. Sie hatte es nicht sagen wollen. Es war einfach so herausgerutscht.

Er senkte den Blick auf seine nackten Füße.

„Entschuldige", stammelte Vicky. „Entschuldige ... ich wollte nicht ..."

White sah zu ihr hoch. Er wirkte müde, erschöpft, irgendwie verändert.

„Du wirst mich nicht oft sehen in nächster Zeit."

Eigentlich sollte Vicky das freuen. Bedeutete es doch, dass White kein Leben auslöschen wollte und sie niemanden retten musste. Aber es hieß auch, dass sie ihn nicht treffen würde. Vicky spürte, wie sich etwas in ihrer Brust zusammenzog.

Er setzte sich neben sie. Vicky ließ die Hände kraftlos auf dem Bett liegen. White griff nach ihrer Rechten und legte sie zwischen seine Hände, die sich weich und kühl anfühlten. Er roch gut. Es war eine würzige Frische, die Vicky an das Meer erinnerte.

Sie sah ihn an.

Er lächelte.

Ihre Schultern berührten sich. Vicky spürte ein Kribbeln, das sich wie ein elektrischer Schlag anfühlte. „Ich ... ich kenne mich nicht mehr aus“, gestand sie.

„Verstehe ich.“

„Und ich kann mit niemandem darüber reden.“

„Mit mir schon.“

„Du warst weg. Die ganze Zeit. Ich habe auf dich gewartet.“ Sie presste die Lippen zusammen.

White sah sie von der Seite an, sagte aber nichts.

„Warst du ... hast du mich auf dem Schuldach gerettet? Du hättest mich abstürzen lassen können.“

Er schwieg.

Vicky sprach weiter. „Du hast es getan. Du hast mein Leben gerettet und nicht genommen.“

Noch immer blieb er still.

„Sag etwas!“

„Muss ich das? Habe ich dir nicht gezeigt, WER ich bin? WER ich für dich sein will?“

Sie drehte sich mit einem Ruck zu ihm. Er hielt ihrem Blick stand, erwiderte ihn fest mit seinen dunklen Augen.

„Aber das alles ist so unmöglich. So sinnlos."

„Nichts ist sinnlos. Niemals. Alles hat seinen Sinn. Wir erkennen ihn nur oft erst viel später."

White hob seinen Arm und legte ihn langsam um Vickys Schulter. Sie ließ es geschehen und neigte sich zu ihm, bis ihr Kopf seinen Arm berührte. Mit der Hand strich er ihr über die Stirn und die verstrubbelten Haare.

„Ob mir so eine Frisur auch stehen würde?", fragte er scherzhaft.

Sie musste schmunzeln. Whites Haare fielen seidig und umrahmten sanft seinen Kopf. Sie konnte ihn sich gar nicht mit abstehenden Haaren vorstellen.

„Wieso warst du so lange fort? Oder warst du da und ich habe dich nur nicht bemerkt?"

„Ich war weg. Ich muss auch wieder gehen. Bald."

„Bleib noch, bitte."

Er antwortete nicht, blieb aber sitzen.

Vicky brannte eine Frage auf der Zunge, die ihr schon länger durch den Kopf gegangen war.

„Warst du immer ... immer ein ... Todesengel?"

Er schien über seine Antwort nachzudenken. Sehr langsam sagte er: „Ich wollte erlösen und befreien."

„Was meinst du?"

„Ich habe Leid gesehen. Schlimmes Leid. Ich konnte es nicht ertragen. Damals war ich noch sehr jung."

„Warst du einmal ein Mensch?" Vicky richtete sich ein wenig auf, damit sie sein Gesicht sehen konnte. Er blickte durch das Fenster hinaus in das Abendrot.

„Ja."
„Ist das lange her?"
„Nein."
„Wer warst du?"
„Das vergessen wir."
„Aber du weißt noch, dass du Leid gesehen hast?"
„Eine vage Erinnerung. Wie im Nebel."
„Das glaube ich dir nicht."
„Du glaubst so vieles nicht."
„Wie heißt du wirklich? White?"
Ein Lächeln breitete sich in seinem Gesicht aus. „Bryan. Das war mein Name."
„Und wie noch?"
„Hoagberg."
„Bryan Hoagberg?"
„Vergiss es wieder."
„Bryan ist ein schöner Name. Er passt zu dir. Er passt absolut zu dir." Sie musste lachen, als sie bemerkte, was sie gesagt hatte. „Bryan", wiederholte sie langsam und sanft.
„Jetzt bin ich White."
„Bryan", sagte Vicky noch einmal.
„Ich werde eine Weile fort sein."
„Wie lange?"
„Das weiß ich nicht."
„Wo gehst du hin?"
Er legte ihr den Zeigefinger auf die Lippen und machte „Schscht!".
„Bleib, bitte, bleib."
„Ich muss, Vicky. Ich muss."
Auf einmal wurde ihr kalt. Vicky fröstelte.

White ließ seinen Arm von ihrer Schulter gleiten. „Sobald ich weg bin, wirst du wieder menschlich."

„Sicher?"

Er nickte. „Ja." Nach einer kleinen Pause sagte er leise: „Ich würde auch gerne zwischen den Welten gehen können wie du."

White stand auf. Vicky auch. Sie standen sich gegenüber. Sachte legte er ihr die Hände auf die Schultern. Vicky hob den Kopf. Sie hatte nur einen Wunsch. Da sie in ihrer Engelsgestalt war, konnte White ihn ihr erfüllen, ohne sie zu töten.

Sie schloss die Augen und fühlte, wie er ihr über das Haar und die Wange strich. Es war eine zarte Berührung. Dann spürte sie seinen Atem auf ihrer Haut. Seine Lippen berührten ihre. Vicky hatte das Gefühl, gar keinen Körper mehr zu besitzen, sich völlig aufgelöst zu haben. White und sie waren eins, zwei Gegensätze wie Feuer und Wasser vereint. Sie fühlte sich frei und unendlich leicht wie niemals zuvor.

Viel zu schnell war es zu Ende. Er löste sich von ihr und als Vicky die Augen langsam aufschlug …

… war er verschwunden.

Als hätte er sich nur versteckt, wie Sally das gerne tat, suchte Vicky ihn im ganzen Zimmer. Sie öffnete sogar den Schrank. Sie wusste, dass er nicht mehr da war. Es war nur der hilflose Versuch, den Schmerz zu dämpfen, der in ihr aufstieg. Die Hand noch am Knauf des Schranks schluchzte sie auf. Dass sie das Möbelstück berühren konnte, hieß, dass sie tatsächlich wieder ihre menschliche Gestalt angenommen hatte.

Sie ließ sich zu Boden sinken, vergrub den Kopf in den Händen und ließ die Tränen fließen.

„Sonnenschein!“ Pru Cassady war eingetreten, ohne dass Vicky es bemerkt hatte. Sie kniete sich neben ihre Tochter und nahm sie in die Arme. „Was hast du denn, mein Sonnenschein? Kleines? Vicky!“

„Alles absolut in Ordnung“, versicherte Vicky und wischte sich die Tränen weg. „Absolut.“

Pru Cassady musterte Vicky.

„Aus Liebe zu weinen, zeigt, dass das Gefühl tief ist“, sagte sie tröstend.

War das wirklich ein Trost? Machte es nicht alles noch schlimmer?

Spielchen

„Wir müssen etwas unternehmen!" Gloria schob ihre Sonnenbrille nach unten und warf Nessa und Vicky einen eindringlichen Blick zu. „Die Sache mit den Schwestern und dem Jungen wird brenzlig."

Nessa zog das Ricecracker-Sandwich auseinander, das Gloria ihr mitgebracht hatte, und begutachtete misstrauisch die Füllung.

„Sind das gekochte Quallen?", fragte sie naserümpfend.

„Das ist Gurkengelee, selbst gemacht." Gloria verschränkte beleidigt die Arme. Der Aufstrich war Charlottchens eigenes Rezept.

Die Freundinnen saßen wieder auf der Kiste im Schulhof. Gloria hatte ihren Mini-Laptop auf den Knien, Nessa und Vicky ihr Lunch.

Vorsichtig, als könnte es lebendig werden, kostete Nessa mit langen Zähnen. Sie kaute und schob den Bissen im Mund hin und her. Dann leuchtete ihr Gesicht auf. „He Lady, ist ja lecker!"

Gloria rollte mit den Augen. „Was hast du denn gedacht?"

Vicky erinnerte die zwei wieder an Kelly und Monique Mansfield, die Schwestern, die in denselben Jungen verliebt waren.

„Ach richtig!" Gloria tippte mit der Nagelspitze auf eine Taste und las Kellys Eintrag.

… wird es immer verwirrender für mich. Ted geht mit meiner großen Schwester, aber er sieht mich immer so an. Als ich ihm gestern die Tür geöffnet habe, hat er mir sogar die Hand auf den Arm gelegt und mich angelächelt.

Nicht, wie man die kleine Schwester seiner Freundin anlächelt, sondern … Ich weiß nicht, wie ich das ausdrücken soll.

Mich verwirrt das. Bitte, helft mir. Was soll ich machen? Was will er von mir? Ich mag ihn sehr. Aber wie soll das gehen?

Er heißt übrigens Ted.

Aber das habe ich schon geschrieben.

Ted Weber.

Monique darf nichts erfahren. Jedenfalls nicht, bis ich sicher bin.

Antwortet bitte schnell.

Kelly

Nessa biss herzhaft in ihren Snack. Der Puffreis flog nach allen Seiten und ein paar Stücke klebten an ihren Lippen.

Vicky musste lachen, weil Nessa zu komisch aussah.

„…ör auw…“, brabbelte Nessa mit vollem Mund. Vickys Lachen war ansteckend und schon prustete auch sie los. Wie kleine Geschosse flogen die Crackerstücke aus ihrem Mund.

Gloria schlug die Hände zusammen. „He, spuck nicht alles durch die Gegend! Charlottchen hat sich solche Mühe gemacht. Außerdem bitte ich um etwas mehr Ernst bei der Sache.“

Auf der anderen Seite des Schulhofes sah Vicky Marco stehen. Er starrte zu ihr, drehte sich aber sofort weg, als sich ihre Augen trafen. Sie seufzte.

„Marco ist sauer auf mich."

„Weshalb?", wollte Gloria wissen.

„Ach ... gestern Abend war er bei uns zum Grillen. Er hat angefangen zu erzählen, dass ihm seine alte Schule fehlt. Ich musste aber weg. Und hab ihn einfach sitzen lassen." Es tat Vicky ehrlich leid.

Nessa versetzte ihr einen kräftigen Knuff. „Heb deinen Hintern und entschuldige dich! So macht man das, Lady."

Zustimmend nickte Gloria.

Der Vorschlag erschien Vicky gut. Sie stellte die Box mit ihren Pausenbroten ab und ging Marco hinterher. Er war durch die Glastür ins Schulhaus verschwunden, konnte aber noch nicht weit sein.

Als sie den langen Flur betrat, sah sie ihn.

„Marco!", rief sie und winkte.

Er drehte sich nicht um. Entweder hatte er sie nicht gehört oder er wollte sie nicht hören. Vicky lief ihm nach.

Als sie Marco in einen Seitengang folgte, stand er dort mit Aaron. Sofort blieb Vicky stehen. Sie ging einen Schritt zurück und beobachtete die beiden um die Ecke.

„Vielleicht nächstes Jahr", hörte sie Aaron sagen.

„Ihr macht doch ein Sommercamp. Zum Trainieren. Kann ich da nicht dabei sein?" Marco bettelte richtig.

„Okay, damit du es endlich kapierst", sagte Aaron kalt, „ICH wähle aus, wer in mein Team kommt. Und DU gehörst nicht dazu."

„Ich bin fit!"

So aufgebracht hatte Vicky Marco noch nie erlebt.

Aaron grinste und boxte Marco in den – zugegeben – etwas runden Bauch. „Ach ja?“

„Ich war einer der Besten an meiner alten Schule! Du kannst Steve fragen! Den Kapitän. Ich geb dir seine Handynummer.“

„Kein Bedarf.“

Aaron ließ ihn stehen.

Sofort zog sich Vicky zurück. Außer ihr hatte es keine Zeugen für das Gespräch gegeben. Bestimmt wäre Marco sehr sauer, wenn er sie jetzt entdeckte.

Sie hörte Stimmen und wagte noch einen kurzen Blick.

Aaron kam mit drei Jungen zurück, die alle in seinem Alter waren. Sie gingen breitbeinig, als würde der Gang ihnen allein gehören. Einer rempelte Marco absichtlich mit der Schulter an.

Marco hatte einen knallroten Kopf und bebte vor Zorn.

Einer der Jungen war vor ihm stehen geblieben. „He, du willst doch in unser Team?“

Marco nickte kurz.

„Dann mach bei unserem kleinen Spielchen mit. Sozusagen als Aufnahmeprüfung.“

„Spiel? Was für ein Spiel?“, wollte Marco wissen.

„Lass ihn, Ron! Das traut der sich nie!“, mischte sich Aaron ein.

Ron redete trotzdem weiter. „Das erfährst du auf der Fahrt. Nimm deine Shorts mit. Badeshorts, klar?“

Danach gingen die vier weiter. Marco rief ihnen hinterher: „Bis Montag, dann!“

„Jaja“, leierte Aaron gelangweilt.

Vicky bog um die Ecke, den Kopf gesenkt, als würde sie zufällig hier entlanggehen. Sie sah auf und setzte ein überraschtes Gesicht auf. „Hi Marco!"

Er musterte sie finster.

„Ich wollte mich entschuldigen ... wegen gestern ..."

Marco zuckte mit der Schulter. „Ist mir egal." Er drehte sich um und ging weg.

Jetzt war es Vicky, die sauer war.

Als sie zu ihren Freundinnen zurückkehrte, waren Nessa und Gloria in eine heftige Diskussion vertieft.

„Es ist einfach Liebe, die manchmal an andere Orte fällt, als man es sich wünscht", schwärmte Gloria und zog an einer Haarsträhne.

Nessa verdreht die Augen. „Dieser Ted ist ein Schwein! Wenn er mit der einen geht, kann er der anderen nicht schöne Augen machen. Was soll so ein Quatsch?"

Gloria wandte sich an Vicky. „Wie siehst du das?"

Vicky strich sich über das Kinn. „Ich kann gar nichts dazu sagen, bevor ich nicht mehr über ihn weiß. Kelly kann sich das alles auch nur einbilden."

Da mussten ihr die anderen zwei recht geben.

Es war Freitag.

Als Gloria, Nessa und Vicky das Schulhaus verließen, wartete Isabella schon davor.

„Deine Stimu!", sagte Nessa und deutete unauffällig zu Isabella.

„Stimu?", wiederholte Vicky stirnrunzelnd.

„Stiefmutter!"

Vicky lachte. „Sehr passend."

Gloria legte ihr die Hand auf die Schulter. „Du packst das schon!“

„Ja, sie hat sich auch irgendwie eingekriegt.“ Vicky war darüber sehr erleichtert.

„Morgen Abend bei mir, nicht vergessen!“, erinnerte Gloria.

„Echte Party oder nur Weiberabend?“, fragte Nessa.

„Weiberabend und Party! Mike kommt! Und Sigfrid bringt zwei Jungs von der Uni mit. Könnt ihr nicht auch irgendjemanden mitbringen?“

Nessas Gesicht wurde schlagartig finster.

„Kein so guter Vorschlag“, raunte Vicky Gloria zu.

Gloria schlug die Hand vor den Mund. „Sorry, Nessa. Wollte dich nicht an diesen Windbeutel erinnern.“

Über diesen Ausdruck musste Nessa lachen. Laut und grölend. „Windbeutel! Das passt zu diesem Versager.“

Damit war Lance gemeint, der neu an ihre Schule gekommen war. Die Wunde, die Lance Nessa zugefügt hatte, war noch nicht verheilt. Ihre Reaktion zeigte das deutlich.

„Bestimmt sind Sigfrids Freunde niedlich“, trällerte Gloria leicht und luftig, wie sie eben war. „Also morgen gegen sieben Uhr! Und ihr könnt auch bei mir übernachten.“

Isabella kam langsam näher.

„Hallo Gloria, hallo Vanessa“, begrüßte sie Vickys Freundinnen.

„Tag!“, grüßten die zwei zurück.

„Ich hoffe, es macht dir nichts aus, dass ICH dich abhole“, sagte Isabella fast entschuldigend zu Vicky. „Aber Chris hat doch morgen Geburtstag. Ich wollte mit dir zusammen ein Geschenk für ihn aussuchen.“

Der Geburtstag ihres Vaters! Vicky fuhr sich in die kurzen Haare und zog sie in die Höhe.

„Völlig vergessen!“, stöhnte sie zerknirscht.

„Macht nichts. Jetzt habe ich dich ja erinnert.“ Isabella lächelte so freundlich sie das eben konnte.

Gloria sah zwischen Isabella und Vicky hin und her.

„Heißt das, morgen ...?“

„Was ist morgen?“, wollte Isabella sofort wissen.

„Eine Party, bei mir!“, erklärte Gloria.

Isabella winkte energisch mit beiden Händen ab. „Das geht leider nicht. Vicky kann nicht kommen. Chris hat sich für morgen eine Dinnerparty gewünscht. Nur zehn Gäste. Er will seine beiden Töchter unbedingt dabeihaben.“

Diesen Wunsch konnte Vicky gut verstehen. Etwas anderes aber störte sie.

„Behandle mich nicht wie ein Kleinkind!“, forderte Vicky.

„Ich habe nur gesagt, dass du nicht kommen kannst“, verteidigte sich Isabella.

„Oder willst du mich auch noch füttern und wickeln?“, fragte Vicky mit einem frechen Grinsen.

Nessa machte ein paar Schritte nach hinten. „Puh, die Windeln sind voll. Ich muss los“, lachte sie und hielt sich dabei die Nase zu. Gloria winkte Vicky schüchtern zu und folgte Nessa.

Schweigend setzte sich Vicky zu Isabella ins Auto und schnallte sich an.

„Musstest du dich vor deinen Freundinnen so über mich lustig machen?“, beklagte sich Isabella.

„Musstest DU mich vor ihnen so blamieren?“

Danach schwiegen beide. Isabella hielt vor einem Taschengeschäft. „Chris braucht eine neue Aktentasche, seine alte zerfällt bereits."

„Braucht er oder will er sie?", fragte Vicky.

„Er braucht sie."

„Dann ist sie kein Geschenk. Er kann sich selbst eine kaufen." Diese Weisheit hatte Vicky von ihrer Mutter. „Pru sagt, man schenkt nichts Nützliches, sondern nur etwas, das das Herz des anderen zum Springen bringt. Du würdest mir doch auch keine Windeln schenken, oder?", fügte Vicky hinzu und versuchte, ernst zu bleiben.

Isabella hielt den Atem an. Man sah ihr an, dass sie damit kämpfte, nicht darauf einzugehen.

„Wir kaufen ihm eine neue Aktentasche", erklärte sie dann seufzend.

„DU kaufst sie. ICH gehe und suche etwas, das sein Herz vor Freude springen lässt!"

„Von mir aus." Isabella ließ sie stehen und betrat den Laden.

Vicky sah ihr kurz nach und ging dann die Fußgängerzone hinunter. Dummerweise hatte sie nicht viel Geld dabei. An einer Ecke stand ein Straßenhändler und warf eiförmige Kugeln in die Luft wie ein Jongleur. Laut knatternd fielen sie zurück in seine Hand. Es mussten Magneten sein, denn die Kugeln hafteten aneinander. Wieder warf er sie und wieder erzeugten sie das klickende Geräusch.

Die Kugeln waren nicht teuer und Vicky kaufte sie. Sie wusste, dass ihr Vater solche kleinen Spielereien liebte. Also das perfekte Geburtstagsgeschenk!

IMMER IM SCHATTEN STEHEN

Sally saß auf dem Boden und malte andächtig auf einem großen Zeichenblatt. Vicky hockte neben ihr und reichte ihr die gewünschte Farbkreide. Das Funktelefon hielt sie zwischen Ohr und Schulter geklemmt.

„So schade, dass du heute Abend nicht kommen kannst", bedauerte Gloria immer wieder.

„Tut mir auch leid", sagte Vicky. „Aber dafür sind wir ab Montag drei Tage lang die ganze Zeit zusammen. Wenn uns Mr Nieson nicht allzu sehr quält, wird das absolut stark."

„Apropos quält!" Sie hatte Gloria damit ein Stichwort geliefert. „Kelly Mansfield hat schon wieder geschrieben."

„Die kleine Schwester, die sich in den Freund der großen Schwester verliebt hat? Hast du etwas über diesen Ted herausgefunden?"

„Ja!" Gloria holte tief Luft. „Das ist eine sehr seltsame Sache. Ein Mädchen aus seiner Klasse war mit mir im Ballett. Cynthia."

„Und?"

„Cynthia sagt, dass Ted Monique nur Nachhilfe gibt. In Mathematik. Drei Mal die Woche. In letzter Zeit sogar vier- bis fünfmal."

„Nachhilfe?"

„Ja. Das erzählt er jedenfalls. Wahrscheinlich hat er wirklich ein Auge auf Kelly geworfen."

„Und sie kann eines auf ihn werfen."

Gloria kicherte. „Das schreibe ich ihr zurück: Kannst ruhig ein Auge auf ihn werfen." Vicky konnte hören, wie sie zu tippen begann.

Die Freundinnen plauderten noch ein bisschen. Als Sally einen großen Farbtiegel öffnete, um ihren nackten Fuß einzutauchen, musste Vicky schnell Schluss machen und sie davon abhalten.

Isabella schaute ins Zimmer. „Kannst du mir helfen?"

Vicky tat der kleine Streit vom Freitag schon wieder leid und sie nickte.

„Ich will mit dem Fuß auf Daddys Geburtstagsbild stempeln!", erklärte Sally.

„Später", vertröstete Vicky sie.

Sicherheitshalber nahm sie Sally an der Hand mit in die Küche. Wenn diese sich etwas in ihren kleinen Kopf gesetzt hatte, dann vergaß sie es nicht so leicht.

Isabella war nervös. Auf dem Herd standen mehrere Kochtöpfe, aus denen es in dicken Wolken dampfte. Der Backofen brummte, die Mikrowelle summte und auf der Arbeitsfläche türmten sich geschnittenes Gemüse und ausgenommene Fische.

„Ich will mich nicht blamieren", gestand Isabella. Sie drückte Vicky Tischdecke und Besteck in die Hände. „Kannst du bitte den Tisch decken? Wir nehmen heute das Silber von meiner Großmutter. Du musst jedes Stück bitte polieren."

„In Ordnung." Vicky zog ab.

„Danke!", rief ihr Isabella hinterher. Sie kam ihr sogar nach und flüsterte ihr auf verschwörerische Art zu: „Ich habe für Chris noch eine Angel gekauft. Die wünscht er sich schon lange."

„Wird ihn freuen!" Da war Vicky sich sicher und sie meinte es ehrlich.

Vickys Stiefbruder Gilbert gesellte sich zu ihnen, nachdem er nach Hause gekommen war.

„Wie waren die Eierköpfe?", krähte ihm Sally entgegen.

„Wer?" Gilbert rutschte fast die Streberbrille von der Nase. Er war der Traum jeder Mutter: lernte ständig, interessierte sich weder für Mädchen noch für Partys und schon gar nicht für Bier.

„Was meinst sie mit Eierköpfen?", wollte Gilbert von Vicky wissen.

„Deine Intelligenzbolzen-Freunde!", erklärte Vicky.

Gilbert fand das gar nicht lustig und verschwand in seinem Zimmer.

„He, wir leben im Zeitalter der Gleichberechtigung", rief ihm Vicky hinterher. „Küche ist auch Männersache, schon gehört?"

Ihr Stiefbruder kam zurück. „Tut mir leid, bin ein Eierkopf. Kann mich nur um den geistigen Zustand der Menschheit kümmern."

Vicky schleuderte ihm ein Geschirrtuch an den Kopf. Gilberts Brille fiel zu Boden und das Tuch hing ihm genau vor dem Gesicht, was bei Sally einen Lachkrampf auslöste.

Isabella kam angestürzt und stöhnte. „Könnt ihr euch nicht wenigstens ein paar Minuten wie gesittete Menschen benehmen? Und nicht wie kleine Babys? Die Gäste sind in einer Stunde da und Chris kommt gleich danach. Es soll doch eine Überraschung sein!"

Sie schwirrte herum wie eine Hummel und rückte Messer und Gabeln zurecht.

„Daddy hat gesagt, er geht in Deckung, weil du ihn überraschen willst“, verkündete Sally stolz.

„Zu wem hat er das gesagt?“, brauste Isabella auf. Sie war im Stress.

„Zum Telefon. War hinterm Sofa.“

„Bitte, reg dich ab“, flehte Vicky. „Er muss wirklich kein Hellseher sein, um zu erraten, dass du eine Überraschung planst, wenn du ihm vorschlägst, besonders lange Golf zu spielen. Sonst willst du doch immer, dass er am Samstag zu Hause bleibt.“

„Irgendwie nimmt mich hier keiner ernst“, seufzte Isabella und rauschte ab.

„Fußabdruck, Fußabdruck!“, erinnerte Sally sie. Vicky ging mit ihr zurück ins Zimmer, damit sie das Geburtstagsbild fertigstellen konnten. Danach wusch sie Sally und steckte sie in ein sonnenblumengelbes Kleid mit Spitzen, das ihre Schwester über alles liebte. Sie selbst schlüpfte in ein weißes Top und ein lockeres orangefarbenes Hemd. Dazu trug sie makellos saubere weiße Jeans. Sie würden ihrem Vater gefallen und Isabella auch.

Pünktlich um sieben Uhr trafen vier Ehepaare ein. Vicky kannte sie alle nicht. Es mussten neue Freunde ihres Vaters und ihrer Stiefmutter sein. Für langes Vorstellen war keine Zeit. Artig schüttelte Vicky den Damen und Herren die Hand. Sally versteckte sich schüchtern hinter ihr.

Isabella führte sie in das Wohn- und Esszimmer. Dort lag ihr Bademantel, den sie schnell über das kurze, enge Kleid zog. Vicky hatte sie noch nie so schick gesehen. Sonst war ihr Modegeschmack eher von Vernunft und günstigen Angeboten geprägt.

„Chris soll denken, wir bleiben einfach zu Hause vor dem Fernseher", erklärte sie den Gästen. Höflich wurde gelacht. Alle standen etwas unbeholfen herum.

„Drinks gibt es dann später", vertröstete Isabella. „Und wenn ich die Tür öffne, bitte alle ‚Überraschung!' rufen."

Die Gäste versprachen, ihr Bestes zu geben.

Sally löste sich von Vicky und folgte Isabella in die Diele. Die Haustür wurde aufgeschlossen.

„Darling, schönen Abend!", rief Chris Cassady.

„Oh, Honey, ich wollte gerade in die Badewanne", log Isabella ziemlich schlecht.

Sallys zartes Stimmchen ertönte und verkündete stolz: „Im Wohnzimmer sind lauter Leute, Daddy, die Überraschung rufen sollen."

Isabella stöhnte auf. Die Gäste lachten, diesmal ehrlich. Chris Cassady kam ziemlich verlegen herein. Hinter ihm Isabella, noch im Bademantel und mit geröteten Wangen.

„Überraschung!", gab Vicky das Kommando und alle stimmten ein.

„Gelungen!", gab ihr Vater zurück und umarmte seine Frau. Er küsste sie unbeholfen, aber sie entwand sich und blickte tadelnd auf Sally.

„Du hast es verpatzt."

„Wieso?" Sally musterte sie verständnislos.

„Nichts ist verpatzt. Ich freue mich, euch hier zu sehen. Isabella, was für eine wundervolle Idee. Ja, wirklich großartig!", beteuerte Chris Cassady.

Isabella rauschte in die Küche.

Nachdem alle ein Getränk bekommen hatten, wurde auf Vickys Vater angestoßen. In der Küche versicherte Vicky Isabella immer wieder, dass die Überraschung durch Sallys Herausplatzen um keinen Deut kleiner ausgefallen war. Sie schaffte es sogar, ihre Stiefmutter zu besänftigen.

Gegessen wurde am Esstisch, der auf seine ganze Länge ausgezogen worden war. Alle bewunderten das Silberbesteck und das feine Porzellan, ebenfalls ein Erbstück von Isabellas Großmutter.

Vicky saß einer sehr kühlen Dame mit glattem Gesicht gegenüber. Die Frau hielt das Besteck mit spitzen Fingern und aß betont langsam. Jedes Wort, jede Bewegung wirkte einstudiert.

Sie fragte Vicky nach ihrer Schule und stellte fest, dass ihre beiden Töchter auf dieselbe Schule gingen.

Ihr Mann saß ihr schräg gegenüber und wandte sich, als er das Gespräch mitbekam, an Vicky.

„Du kennst sie vielleicht, Monique und Kelly. Kelly muss so alt sein wie du, Monique ist älter."

Die beiden Namen ließen bei Vicky sofort etwas klingeln. Sie legte die Gabel, auf die sie bereits einen Bissen Fisch gespießt hatte, auf den Teller zurück.

„Wie heißen sie mit Nachnamen?"

„Mansfield. Wie meine Frau und ich", lachte der Mann.

Natürlich war das Ehepaar Vicky vorgestellt worden, aber sie hatte sich den Namen nicht gemerkt.

„Monique ist sehr still", erzählte die Mutter. Sie wirkte auf einmal angespannt.

Mr Mansfield streckte ihr über den Tisch die Hand hin. „Ella, bitte. Ganz ruhig. Es ist alles gut."

Die anderen am Tisch spürten, dass etwas nicht in Ordnung war, und die Gespräche verstummten. Verlegen bedeutete Ella Mansfield ihnen, sie nicht zu beachten.

„Monique? Monique?“, sagte Vicky und tat nachdenklich. Sie musste herausfinden, wieso Moniques Mutter so niedergeschlagen wirkte. „In der Schule habe ich was gehört …“

Mrs Mansfield sah sie an. „Du hast etwas gehört … über den …“ Sie legte eine lange Pause ein. „… Unfall?“

„Hm … so was … ja“, murmelte Vicky ausweichend.

„Bitte, Ella“, wiederholte ihr Mann eindringlich.

Seine Frau stand abrupt auf und verließ eilig das Wohnzimmer. Isabella folgte ihr.

Im Zimmer blieb betretenes Schweigen zurück.

Nervös trommelte Mr Mansfield mit den Fingern auf den Tisch.

Vickys Vater rutschte verlegen auf seinem Stuhl herum. „Ich hoffe, alles ist in Ordnung … oder wieder in Ordnung mit eurer Tochter, James?“

Mr Mansfield sah auf. „Unsere Große, Monique, hatte eine schwere Zeit. Sie hat viele Probleme in der Schule. Und beim Vorspielabend ihres Klavierlehrers ist sie mitten im Stück hängen geblieben.“ Er seufzte. „Dazu kommt, dass sich Monique dick und hässlich fühlt.“

„Ach, diese Mädchen“, sagte die Frau mit dem Turban, die neben Vicky saß. „Das kommt durch diese entsetzlichen Fotomodelle.“

„Kelly, unsere Kleine, ist das genaue Gegenteil! Zart, hübsch, lernt ohne Mühe und ist ein Naturtalent am Klavier.“ Er zögerte kurz. „Und das weiß sie auch. Es ist nicht einfach für uns, die zwei gleich zu behandeln. Irgendwie schafft Kelly es immer, alles zu bekommen."

Vicky atmete flach. Sie musste sich an der Tischkante festhalten. Die schlimmsten Befürchtungen stiegen in ihr auf. „Und der Unfall?", hakte sie vorsichtig nach.

Alle schwiegen gespannt.

„Meine Frau meint, es sei kein Unfall gewesen. Sie will nicht aufhören zu glauben, Monique hätte sich etwas antun wollen."

„Um Himmels willen!", stieß die Turbanfrau aus. „Was ist denn geschehen?"

„Sie ist mit dem Fahrrad eine Böschung hinuntergefallen. Zum Glück ist ihr kaum etwas passiert. Nur eine kleine Prellung und ein paar Kratzer." Mr Mansfield atmete tief durch.

„Das ... das tut mir wirklich leid", sagte die Turbanfrau.

Vicky musste die Rede auf Ted bringen. „Äh ... lernt sie jetzt besser? Ich meine, bei uns an der Schule geben viele Nachhilfe. Hat sie jemanden?"

Mr Mansfield nickte. „Ja, das war die Rettung, hoffe ich zumindest. Ein sehr netter Junge. Gibt Monique Nachhilfe in Mathematik. Zuerst war es nur eine Stunde die Woche, mittlerweile kommt er fast jeden Tag."

„Sie hat sich wohl in ihn verliebt", meinte die Frau mit dem Turban.

Mr Mansfield schmunzelte. „Ella will es nicht so sehen, aber ich bin mir sicher. Jedenfalls hat der Junge ihr neuen Lebensmut gegeben."

„Aber erwidert er diese Gefühle? Besser gesagt, was wird geschehen, wenn Ihre Tochter herausfindet, dass die Verliebtheit vielleicht nur einseitig ist?“ Die Turbanfrau verzog besorgt das Gesicht.

„Ach, es ist nur eine Schwärmerei. So lange sie ihn für sich allein hat, fühlt sie sich ihrer Schwester endlich einmal überlegen und das ist wichtig.“

Die Wände des Zimmers begannen, sich um Vicky zu drehen. Was hatten sie nur getan? Wenn Kelly die Antwort der *Wahnsinnsengel* schon gelesen hatte, würde sie sich vielleicht sofort mit Ted verabreden.

„An einem Samstagabend hat Monique aber keine Nachhilfe, oder?“, fragte Vicky leise.

„Doch, sogar eine Doppelstunde“, lachte Mr Mansfield.

Es konnte gar nicht schlimmer kommen.

Vicky hatte keine Zeit mehr für Zurückhaltung oder Vorsicht. „Äh ... wo wohnen Sie eigentlich?“

Etwas überrascht von dieser Frage wandte sich Mr Mansfield Vicky zu. „Primerose Lane, nicht weit von eurer Schule.“

Mrs Mansfield kam, begleitet von Isabella, zurück

Sie hielt ein kleines Ledermäppchen in der Hand und zeigte es Vicky. Links war das Foto eines sehr ernsten Mädchens mit dunklen Augen und dunklen Haaren. Selbst ihr Lächeln hatte nichts Fröhliches. Auf der anderen Seite lachte ihre Schwester Kelly, sie strahlte über das ganze Gesicht.

Vicky prägte sich Moniques Gesicht ganz genau ein. Das war jetzt wichtig. Sie schloss kurz die Augen und stellte sich Monique vor. Dann öffnete sie sie wieder und verglich ihr inneres Bild mit dem Foto.

Ja, das müsste reichen.

„Ich … ich komme gleich wieder“, entschuldigte sie sich.

„Vicky!“, rief ihr Isabella hinterher. Aber Vicky konnte jetzt keine Rücksicht nehmen. Sie musste dringend etwas in Ordnung bringen. Vom Tischchen in der Diele schnappte sie sich das schnurlose schwarze Telefon und nahm es mit in ihr Zimmer. Sie lehnte sich innen gegen die Tür und rief Gloria an.

„Hast du Kelly schon geantwortet?“, fragte sie atemlos.

Musik hämmerte im Hintergrund.

„So schade, dass du nicht hier bist. Sigfrids Freunde sind echt süß!“

„Die Antwort! An Kelly!“, wiederholte Vicky. Sie konnte nicht so brüllen, wie sie es gerne getan hätte.

„Ich verstehe dich nicht.“

Vicky hätte Gloria würgen können.

„Kelly? Die Antwort? Von den *Wahnsinnsengeln*? Schon weg, klar.“

Das hatte sie befürchtet. Ihre letzte Hoffnung war dahin. Vicky war ganz übel. Sie hatte wieder weiche Knie und das Herz schlug ihr bis zum Hals. Sie legte einfach auf.

In der Mitte des Zimmers stehend, schloss sie die Augen. Das Bild von Monique kam zurück. Primrose Lane kannte sie nicht, aber vielleicht reichte es auch aus, fest an den Straßennamen zu denken.

Ein heißer Schwall schoss ihr vom Kopf bis in die Beine. Sie hatte das Gefühl, in ihrem Inneren brenne ein starkes Licht, das aus jeder Pore ihres Körpers drang. Vicky legte den Kopf in den Nacken und streckte die Arme zur Seite.

Der Widerstand des Bodens gegen ihre Schuhsohlen wurde schwächer und verschwand schließlich ganz.

Bitte, flehte sie innerlich. Bitte, bring mich zu Monique. Bitte!

Aber wo musste sie hin?

Unsichtbar, die Augen noch immer geschlossen, drehte sich Vicky hilflos im Kreis. Sie hatte das schon öfter getan. Mit ihrer Engelskraft war sie schon früher an andere Orte geflogen. Es hatte immer genügt, sich die Person und den Platz genau vorzustellen.

Diesmal schien es nicht zu klappen. Dabei war es so dringend! Was sollte sie machen? Einen Stadtplan organisieren und die Primrose Lane suchen?

Etwas berührte sie an der Hand. Vicky zuckte erschrocken zusammnen und riss die Augen auf.

Neben ihr schwebte das Mädchen. Sie hielt Vicky an der Hand. Die dünnen Locken wippten im Takt ihrer Bewegungen. Das feine bestickte Kleid umspielte ihren schlanken Körper.

Claire

Vicky riss ihre Hand weg.

„Ich bin deine Freundin", sagte das Mädchen mit Nachdruck. „Und heute beweise ich es dir. Damit du mir endlich glaubst."

Vicky spürte, wie sie zu langsam zu Boden sank. Das Mädchen war neben ihr. Sofort bewegte sich Vicky zwei Schritte von ihr weg.

„Wieso willst du mir nicht glauben, Vicky?" Ihre Stimme hatte wieder diesen sanften Klang.

„Weil ich endlich wissen will, wer du bist. Wenn du es mir nicht sagst, will ich nichts mit dir zu tun haben."

„Wieso ist dir ein Name so wichtig? Warum ändert er etwas daran, wie du mich siehst? Wählst du deine Freundinnen nach ihren Namen aus?" Das Mädchen wirkte fast beleidigt.

„Nein. Aber du machst so ein Geheimnis aus allem."

Das Mädchen gab nach. „Na gut. Gefällt dir Claire?"

„Wie heißt du wirklich?"

„Ich weiß es nicht. Ich habe keinen Namen. Oder ich habe ihn vor langer Zeit vergessen. Er spielt keine Rolle mehr."

„Und du bist ein Engel? Oder …?" Die Frage kam Vicky seltsam vor. Was sollte Claire sonst sein? Ein Geist?

„Dachtest du etwa, es gäbe nur dich hier?" Claire lachte amüsiert.

„Sind noch mehr Engel in der Stadt?"

„Einen kennst du ja schon. Einen, der das Gegenteil von dir möchte und auch tut."

„White?"

Claire zwinkerte zustimmend.

„Und du? Was tust du?"

„Ich bin deine Freundin."

„Was soll das sein? Mein Schutzengel?"

Wieder musste Claire lachen. „Nein, nicht so ganz."

„Wieso sprichst du zu mir? Warum?"

„Weil ich dich warnen muss."

„Wovor?"

„Komm!" Claire hielt ihr die Hand hin. Als Vicky nicht danach griff, schwebte Claire an ihre Seite und nahm sich Vickys Hand selbst. Sie hielt sie fest und zog sie leicht nach oben. Sofort hoben sie beide ab und stiegen wieder zum Himmel empor, der dunkler und dunkler wurde.

„Ich werde dir helfen zu erledigen, was du nun tun musst. Damit du endlich Vertrauen zu mir fasst."

Unter ihnen spannten sich die Lichter der Straßen wie ein unregelmäßiges Netz. Claire neigte sich nach vorne. Eine leichte Drehung und auch Vickys Körper kippte in die Waagerechte. Nebeneinander flogen sie über die nächtliche Stadt. Es regnete, aber das Wasser konnte ihnen nichts anhaben. Vicky fühlte den kühlen Gegenwind sanft im Gesicht.

Claire schien mehr Erfahrung mit dem Fliegen zu haben als Vicky. Sie streckte ihren Körper und machte sich schmal. Schließlich zog Claire Vickys Hand sacht nach unten, worauf sie sich langsam auf die Erde zubewegten.

Ein breites schwarzes Dach tauchte vor ihnen auf. Es lag in einem sehr lang gezogenen Garten zwischen breiten Baumkronen. Claire glitt mit Vicky durch das Dach in das Haus. Vicky spürte einen kurzen Schlag, sonst nichts.

In einem hell gefliesten Flur setzten sie auf.

„Wo sind wir?“, wollte Vicky wissen.

Claire musste ihr nicht antworten. Eine Tür ging auf und ein Mädchen in Vickys Alter ging an ihnen vorbei, um im Badezimmer zu verschwinden. Es war die strahlende Kelly, eingewickelt in einem Handtuch. Sie ließ die Badezimmertür offen und Vicky beobachtete, wie sie sich vor dem Spiegel schminkte.

„Glaubst du mir jetzt?“, fragte Claire.

Vicky nickte langsam. Claire musste wirklich ihre Freundin sein. Auch wenn sie nicht verstand, womit sie diese Freundschaft verdient hatte.

„Tu jetzt, was du tun musst!“, sagte Claire leise.

Ein modriger Hauch stieg Vicky in die Nase.

War es schon zu spät? Nein!

Wo war Monique?

Vicky lief los, durch die nächste Tür von einem Raum in den anderen.

Endlich fand sie Monique. Sie saß mit einem Jungen an ihrem Schreibtisch, im Schein einer Tischlampe.

Ted erklärte ihr eine Rechenaufgabe, den Kopf über das Papier gebeugt. Monique beobachtete ihn aus den Augenwinkeln.

In ihrem Gesicht blinkte für Vicky ein großes, verliebtes Herz (natürlich nicht wirklich). Ted schien davon nichts zu bemerken.

Er sah ein wenig aus wie Glorias Mike, allerdings fand Vicky Ted mit seinen halblangen braunen Haaren und dem umgehängten Pulli attraktiver.

Als Ted aufsah, senkten sich Moniques Augen sofort auf die Unterlagen.

„Kompliziert", murmelte sie.

„Nicht so sehr. Du musst nur den richtigen Anfang finden. Dann geht es fast von allein. Schau ..." Geduldig begann er von vorne.

„Danach haben wir uns eine Belohnung verdient", sagte Monique unvermittelt.

„Wie?" Ted schien verwirrt.

„Kino! Oder Eis! Oder Pizza!"

Verlegen suchte Ted nach den richtigen Worten. „Heute geht das nicht. Ich ... ich habe was ... vor."

Sofort sank Monique enttäuscht in sich zusammen. „Das hätte ich mir denken können."

„Wieso?"

„Weil du mit MIR nirgendwo hingehen willst."

Es war Ted anzusehen, wie unwohl er sich fühlte.

Vicky schwebte näher zu den beiden. Doch was sollte sie machen? Wie konnte sie hier helfen?

Ted wollte wahrscheinlich mit Kelly ausgehen. Dafür schminkte sie sich gerade.

Wenn Monique das mitbekommen würde, wäre es für sie eine Katastrophe!

„Nein, es ist nicht so, dass ich nicht will", begann Ted, sich zu rechtfertigen, „es ist nur ... ich habe schon ... also ich bin verabredet ..."

„Mit wem?", platzte Monique heraus.

Vicky konnte auf einmal nicht mehr atmen. Der Todeshauch hatte sich wie ein erstickendes Kissen auf ihre Nase gelegt. Der faule Gestank schnürte ihr Hals und Brust ab.

Düsternis und Traurigkeit hatten sich schlagartig um Monique gelegt.

„Kennst du nicht." Es war nicht schwierig, herauszuhören, dass Ted log.

„Du magst mich nicht."

Ted lehnte sich auf seinem Stuhl zurück. Ratlos starrte er Monique an.

„Wie meinst du das?"

„Ich mag dich!", entfuhr es ihr.

Sie tat Vicky so leid. Es war erniedrigend, was sie hier tat.

„Du … du bist nett", stammelte Ted.

Monique rannen Tränen über die Wangen.

„Bitte nicht!", sagte Ted.

„Du hasst mich."

„Nein."

„Aber du würdest nie mit mir ausgehen, stimmt's? Nie."

„Ich … ich gebe dir doch nur Nachhilfe."

„Ich dachte, du magst mich."

Vicky hörte auf einmal Moniques Gedanken. Sie hatten den gleichen verzweifelten Klang wie ihre Stimme.

„Er mag mich nicht. Kein Junge mag mich. Ich kann nicht mehr."

Was sollte sie machen? Monique verrannte sich gerade in Vorstellungen, die gar nicht zutrafen.

Beide Augen auf Teds Hinterkopf geheftet, versuchte Vicky, ihm ihre Gedanken zu schicken: „Warum nicht mit

Monique ausgehen? Ich kenne sie gar nicht richtig ... Einmal auch lachen nach dem ganzen langen Pauken. Ist sicher gut ..."

„Vielleicht wirklich nett, einfach mal so zu reden", sagte Ted. Richtig überzeugt schien er nicht zu sein.

„Ja. Reden!" Monique lächelte überrascht und wischte sich schnell die Tränen weg. „Tut mir leid. Ich bin so blöd."

„Nein, bist du nicht."

„Wirklich nicht?"

Ted grinste plötzlich. „Na gut, du bist so ziemlich das dümmste Mädchen, das mir je untergekommen ist."

Fassungslos starrte Monique ihn mit offenem Mund an.

„Ja. Wirklich das dümmste! Das ist ein Rekord. Ich kenne niemanden, der das übertrifft."

Auch Vicky konnte nicht ganz begreifen, was er da eigentlich redete.

Da lachte Ted auf. „He, es ist immer stark, die oder der Größte in etwas zu sein. Besser als Durchschnitt."

Monique runzelte die Stirn.

„Ich bin der größte Streber der Schule", fuhr er fort.

„Hauptsache der Größte ...", sagte Monique, die langsam verstand, wie er das meinte.

Die zwei lachten.

„Bin ich die Hässlichste der Schule?", wollte Monique wissen.

„Sorry, keine Chance", meinte Ted bedauernd. „Dale, aus der Elften, schlägt dich um Längen."

„Diese dürre Große? Mit den vorstehenden Zähnen und dem Affengrinsen?"

„Ja, das ist sie.“

Sie alberten noch weiter herum, worin sie noch die Größten wären.

Vicky ging langsam rückwärts, ohne Monique und Ted aus den Augen zu lassen. Es schien, als wäre ihre Mission erfüllt. Wenigstens für den Augenblick.

Mit dem Rücken stieß sie gegen die Wand.

Sie hatte ihre menschliche Gestalt zurück und war wieder sichtbar.

Befrei dich!

Raus aus dem Haus! Das war jetzt Vickys einziger Gedanke. Unauffällig und schnell hinaus!

Vorsichtig tastete Vicky hinter sich, bis sie den Türknauf zu fassen bekam. Langsam drehte sie ihn.

Monique und Ted kicherten und lachten noch immer und bemerkten sie nicht. Der Knauf leistete Widerstand. Vicky packte ihn fester und drehte weiter. Ein *Klick* und die Tür sprang auf.

Vicky verharrte.

Noch immer kehrten ihr die zwei am Schreibtisch den Rücken zu. Behutsam zog Vicky die Tür einen Spalt auf und schob sich rückwärts auf den Flur hinaus. Sie unterließ es, die Tür wieder vollständig zu schließen. Sie zog sich vorsichtig zurück und sah dabei die ganze Zeit auf den schmalen Lichtstreifen, der durch den Türspalt aus Moniques Zimmer fiel.

Nichts bewegte sich.

Gut, gut, gut, dachte Vicky erleichtert.

Hinter ihr schrie jemand auf. Vicky fuhr herum und sah in Kellys stark geschminkte Augen. Voller Entsetzen starrte sie Vicky an. Dann schrie sie erneut.

Später wusste Vicky nicht mehr, wieso sie es getan hatte. Sie öffnete den Mund und machte: „Buh!“ Einfach nur „Buh!“ Dann sagte sie warnend: „Vergiss Ted, er gehört Monique!“

Weg, Vicky musste schnell raus! Kelly griff nach einer hohen Glasvase, in der eine einzelne weiße Lilie stand. Sie schwang sie wie eine Keule.

Wegrennen schien der einzige Ausweg zu sein. Vicky stürmte einfach los. Kelly holte aus und schlug mit der Vase nach ihr. Vicky duckte sich und versuchte auszuweichen. Doch es war zu spät.

Ein schmerzhafter Stich durchzuckte ihre linke Hand. Instinktiv riss Vicky sie in die Höhe, doch sie wurde festgehalten. Vicky drehte sich verwirrt um.

Alles lief wie in Zeitlupe ab.

Zuerst nur als ein blasser Nebel, dann klar und deutlich, tauchte Claire neben ihr auf. Sie hielt Vickys Hand fest und lächelte ganz ruhig, als wäre nichts geschehen.

Die längliche, rot-orange Vase war kunstvoll geschwungen. Wie ein Schwert glitt sie durch Vickys Körper, vom Kopf abwärts bis zum Bauch.

Dann riss der Schwung sie Kelly aus den Händen. Die Vase flog weiter, krachte gegen die Wand und zerbrach in ihre Einzelteile.

Kelly starrte Vicky an. Auch für sie schien die Zeit stehengeblieben zu sein. Eine Schrecksekunde lang bewegte sie sich nicht und gab keinen Ton von sich. Dann schnappte sie japsend nach Luft und schrie heulend auf.

Erst jetzt kamen Ted und Monique aus dem Zimmer gestürmt.

Kelly stand zitternd da, die Fäuste geballt.

„Was ist denn?“, fragte Monique.

„Ein Mädchen … da war ein Mädchen!“, stieß Kelly hervor.

Monique kam näher und entdeckte die Scherben. „Mam wird sauer sein. Das ist ihre Lieblingsvase."

„Da war ein Mädchen im Haus!" Kellys Stimme war hoch und schrill.

Vicky und Claire standen noch immer neben ihr, aber sie bemerkte sie nicht. Erst jetzt wurde Vicky klar, was geschehen sein musste. Durch Claires Berührung hatte sie wieder ihre Engelsgestalt angenommen. Sicherheitshalber hielt Vicky die kühle Hand gut fest.

Ted wechselte einen fragenden Blick mit Monique. Monique ging an Kelly vorbei in die Diele und hantierte an einem Schrank in der Wand.

„Der Alarm ist an. Niemand kann hier unbemerkt rein oder raus."

„Da war ein Mädchen!" Kelly beschrieb mit den Händen Vickys wilde Frisur und ihre schlanke Gestalt.

„Wieso hast du dich so aufgebrezelt? Gehst du auf eine Party? Wissen Mam und Dad davon?", wollte Monique von ihrer Schwester wissen.

„Ich ... ich ..." Kelly starrte zu Ted.

Vicky starrte auf Kellys Stirn. So fest sie nur konnte, schickte sie ihr den Gedanken: „Ted ist nichts für dich, Ted ist für Monique!"

Kelly presste die Hände an den Kopf. Sie schrie erneut und rannte in ihr Zimmer. Laut knallte sie die Tür hinter sich zu.

Irgendwie tat sie Vicky leid. Andererseits war es bestimmt besser so.

„Ich glaube, wir können nicht ausgehen", hörte sie Monique sagen. „Wenn es Kelly nicht gut geht ..."

„Was hat sie denn?“, fragte Ted, der sich in seiner Haut nicht wohl zu fühlen schien.

„Zu viel Fantasie. Das haben jedenfalls ihre Grundschullehrer immer über sie gesagt.“

Ted nickte.

„Na ja, dann eben ein anderes Mal“, sagte Monique enttäuscht.

„Ich kann auch bleiben. Habt ihr DVDs? Sehen wir uns einen Film an.“

„Dad hat eine riesige Sammlung. Und ich kann uns Popcorn machen.“ Monique war begeistert.

„Ist okay für mich.“

„Für mich auch.“

Damit war Vicky zufrieden. Sie wandte sich zu Claire, die ausdruckslos vor sich hinstarrte. Als sie Vickys Blick auffing, lächelte sie wieder.

„Können wir los?“, fragte sie dann.

„Ja, können wir!“

Die Mädchen hoben die Köpfe und stießen sich mit den Zehenspitzen ab. Sie schnellten in die Höhe, durch Decke und Dach in die Nacht hinaus.

„Glaubst du mir jetzt endlich?“, fragte Claire.

Vicky warf ihr von der Seite einen Blick zu. „Wieso willst du meine Freundin sein? Du kennst mich doch gar nicht.“

„Meinst du?“ Claire lächelte geheimnisvoll.

„Beobachtest du mich? Schon länger?“

Darauf antwortete Claire nicht.

„Ich muss jetzt wissen, was du möchtest!“

„Sobald wir zurück sind“, versprach Claire.

Sie erreichten das Wohnhaus, in dem sich das Appartement von Chris und Isabella befand, kehrten aber nicht sofort in die Wohnung zurück. Claire schlug vor, sich noch etwas auf den Dachrand zu setzen.

Vicky zögerte und dachte an die schrecklichen Momente auf dem Schulgebäude.

„Mit mir bist du sicher", beruhigte Claire sie.

„Kannst du meine Gedanken lesen?", fragte Vicky empört.

Claire lächelte nur.

Schließlich saßen sie doch oben auf dem Dach. Vor sich sahen sie den gelblichen Lichtschimmer, der von der Straße zum Himmel strahlte.

„Jetzt weißt du, dass du mir vertrauen kannst", begann Claire.

„Danke übrigens!", sagte Vicky schnell.

„Das ist schon in Ordnung." Claire spielte mit ihren Locken, ohne dabei Vickys Hand loszulassen.

„Es wird dir wehtun, was ich dir sagen muss."

In Vicky krampfte sich alles zusammen. „Wieso?"

„Weil du es bestimmt nicht hören möchtest."

Vicky fiel es auf einmal schwer zu atmen.

„Du musst jemanden loslassen, der dich in seinen Bann gezogen hat."

Es gab nur EINEN, der das sein konnte. Claires Worte trafen Vicky wie ein Schlag.

„Du musst ihn loslassen. Völlig loslassen. Du musst ihm entkommen. Noch kannst du es. Aber nicht mehr lange." Claire sah sie ernst an. „Er nimmt, gibt aber nicht. Um nehmen zu können, tut er alles!"

Vicky sträubte sich, das zu glauben. Ihre Hände ballten sich zu Fäusten.

„Er wird dich verzaubern und umschwärmen, bis du eines Tages seinen Kuss entgegennimmst."

Vicky zog die Luft ein. Sie hatte ihn doch schon geküsst.

„Seinen Todeskuss, wenn du Mensch bist", fügte Claire erklärend hinzu. „Dann hat er dich für sich, dann bist du sein. Eine neue Eroberung. Eine von vielen."

„Woher willst du das wissen?", brauste Vicky auf.

Claire lächelte still in sich hinein. „Denk daran, dass ich deine Freundin bin", erinnerte sie und fuhr fort: „Auch ihm ist es nicht möglich, jedes Leben zu nehmen, das er haben möchte. Doch je schwieriger es scheint, desto heftiger wird sein Verlangen danach. Es ist wie ein Sport."

„Leben zu nehmen wie ein Sport?" Vicky stützte ihren Kopf in die Hand und schüttelte ihn langsam, ungläubig.

Claires Blick verlor sich irgendwo in der Ferne über der Stadt, in der es langsam ruhiger wurde.

Vicky fragte mit erstickter Stimme. „Wieso kommst du zu mir? Wieso sagst du das alles? Warum?"

„Weil ich dich schützen möchte, Vicky. Weil du nicht in eine Falle rennen sollst, die dich zerstören würde. Vertrau mir, ich spreche aus Erfahrung."

Vicky hatte genug gehört.

„Ich muss zurück zu meinem Vater", sagte sie knapp.

„Ich bringe dich." Claire erhob sich schwerelos, Vicky mit ihr. Gemeinsam sanken sie durch das Dach in den Flur der Wohnung.

Vicky zog Claire zu einer schmalen Tür. Auch durch sie drangen sie problemlos.

„Entschuldige“, sagte Vicky mit einem verlegenen Achselzucken. „Absolut peinlich.“ Sie deutete auf die Toilette neben der sie standen.

„Verstehe schon, nicht einfach halb Mensch, halb Engel zu sein, wenn es keiner wissen darf“, meinte Claire. Sie beugte sich vor und hauchte Vicky links und rechts ein Küsschen auf die Wangen. „Mach es gut, Vicky. Bitte, hör auf mich. Bitte.“ Damit ließ sie Vickys Hand los und löste sich auf. Nach nur einem Wimpernschlag war sie verschwunden.

Vicky fühlte wieder den Druck des Bodens unter ihren Füßen. Sie griff nach dem Schlüssel der Toilettentür und schloss ab. Dann wartete sie.

In ihrem Kopf drehte sich ein Strudel von Gedanken. White tauchte immer wieder vor ihrem inneren Auge auf. Die Art, wie er sich bewegte, sein Lächeln. Vickys Sehnsucht nach ihm wurde nur noch stärker, egal was Claire gesagt hatte.

„Sie ist nicht bei Gloria, jedenfalls behauptet Gloria das“, drang Isabellas Stimme durch die verschlossene Tür.

„Wieso sollte sie einfach weggegangen sein?“, fragte ihr Vater. „Das ergibt keinen Sinn.“

„Wir müssen zu den Gästen zurück. DU sagst etwas über Vicky!“, verlangte Isabella.

„Aber was?“ Chris Cassady klang hilflos.

„Denk dir was aus.“

„Es ist mein Geburtstag“, sagte Vickys Vater treuherzig.

Vicky betätigte die Spülung der Toilette. Nachdem das Rauschen verklungen war, drückte sie noch einmal. Dann öffnete sie die Tür.

Vom anderen Ende des Flurs sahen ihr Chris und Isabella entgegen. Beide waren sichtlich verblüfft.

„Tut mir leid. Absolut blöd …" Vicky rieb sich über den Bauch. „Und dann war ich so müde …" Sie schloss die Augen und legte den Kopf zur Seite.

„Du bist … auf der Toilette eingeschlafen?", fragte Isabella ungläubig.

Vicky hielt es für das Beste, keine Antwort darauf zu geben.

Chris Cassady atmete erleichtert auf. „Dann zurück zu den Gästen." Vicky ließ sich von ihm ins Wohnzimmer schieben.

Vom Rest des Abends bekam sie nichts mehr mit. Sie nickte und tat, als würde sie zuhören. Wurde sie was gefragt, musste sie meistens darum bitten, die Frage zu wiederholen. All ihre Gedanken waren woanders.

Bei JEMAND anders.

Ein echter Freund

Das warme Wasser der Dusche rauschte Vickys Kopf und ihren Rücken herab. Die Badebürste hielt sie wie ein Mikrofon in der Hand. Laut und falsch sang sie das Lied von Rudolf, dem Rentier mit der roten Nase.

Beides tat gut. Das Duschen und das Singen.

Draußen schüttete es. Der Sommer war schlagartig verschwunden und hatte sich in einen frühen Herbst verwandelt. Die grauen Wolken hingen tief und ließen es an diesem Sonntag nicht richtig hell werden.

Gleich beim Aufwachen hatte sich Vicky geschworen, für gute Laune zu sorgen. Zuerst einmal für sich und dann für den Rest der Familie.

Das Abendessen war gut verlaufen und Isabella hatte glücklich gestrahlt, als ihr Essen gelobt wurde. Vicky fand zwar, dass der Fisch nicht ganz durch war und die Kartoffeln etwas zu hart, aber sie hatte es geschafft, kein Wort darüber zu verlieren. Zu dieser starken Leistung gratulierte sie sich selbst.

„Ich werde nicht mehr an White denken, nie wieder", redete sie sich ein. Ihre Lippen sangen weiter von der nebeligen Weihnachtsnacht, in der Rudolf den Schlitten des Weihnachtsmannes ziehen durfte, während ihre Gedanken nur um White kreisten.

Nein, sie wollte nie wieder etwas von ihm wissen. Vicky war Claire unendlich dankbar. Sie erinnerte sich an das, was ihre Mutter einmal gesagt hatte: „Wahre Freunde sagen dir die Wahrheit, auch wenn sie dir nicht gefällt."

Claire hatte nicht gelogen. Sie WAR Vickys Freundin.

Und ab jetzt nicht mehr an White denken! Vicky suchte krampfhaft nach etwas, was sie sich stattdessen vorstellen konnte.

Azrael fiel ihr ein. Ihr geliebter, schwarzer Engel, den sie seit dem Streit nicht mehr gesehen hatte. Sie musste ihn besuchen und ihm von ihrem Entschluss erzählen. Bestimmt würde er sich freuen und sich mit ihr versöhnen. Das wollte sie unbedingt. Azrael war jemand ganz Besonderer für sie. In jeder Hinsicht.

Frühstück und Mittagessen wurden an diesem Sonntag zu einem Brunch zusammengezogen. Chris Cassady konnte es nicht lassen, bei Tisch immer wieder mit den knatternden Magnetmurmeln zu spielen, die Vicky ihm geschenkt hatte. Etwas enttäuscht blickte er zum Fenster hinaus. „Mit dem Angeln muss ich wohl noch warten."

Sally hatte eine Idee: „Vielleicht fliegen Fische im Regen. Halt die Angel aus dem Fenster."

Isabella lachte, wie Erwachsene eben über die Fantasie eines kleinen Mädchens lachten. Vicky fiel auf, dass sie wegen der Knatterkugeln gar nicht meckerte. Das war eine starke Leistung für Isabella.

„So ein Regentag ist herrlich, um einmal richtig faul zu sein", schlug Chris seinen Töchtern, seiner Frau und Gilbert vor.

„Ich muss noch was für die Schule vorbereiten", sagte Gilbert, empört über den Vorschlag zu faulenzen.

„Faulpelz sein, Faulpelz sein", jubelte Sally.

Auch Isabella gefiel die Vorstellung. „Der Abwasch kann bis morgen warten. Da kommt die Putzfrau."

Chris sah zu Vicky. „Und du, Vicky? Was wirst du machen? Deine Freundinnen besuchen? Soll ich dich zu Gloria fahren?"

„Ich weiß noch nicht so genau. Ein bisschen spazieren gehen. Ich mag Regen."

Das erstaunte ihren Vater. „Hat sich da was geändert? Du warst doch sonst immer unser Sonnenkind."

Vicky gab eine von Prus Weisheiten wieder: „Regen ist nur flüssiger Sonnenschein."

Gilbert verzog das Gesicht. „Kitsch!"

Isabella gefiel der Vergleich. „Wir haben einen großen Schirm, du kannst ihn dir gerne nehmen", bot sie an.

Am frühen Nachmittag marschierte Vicky los. Der Schirm war wirklich riesig. Eingepackt in zwei Sweaterjacken und mit Gummistiefeln an den Füßen stapfte Vicky los. Der Regen trommelte auf den gespannten Stoff des Schirms und tropfte von den vorstehenden Enden der Speichen. Im Durchgang zwischen den Häusern musste Vicky ihn ziemlich schräg halten, weil sie sonst stecken geblieben wäre.

Endlich hatte sie den Park erreicht.

Die Blätter der Bäume glänzten frisch. Der Geruch von nasser Erde, Gras und Moos stieg auf. Der Boden unter ihren Stiefeln war bereits ziemlich aufgeweicht.

Der Marmor, aus dem Azrael gehauen war, erschien an diesem Tag viel dunkler und glatter. Das machte die Feuchtigkeit. Vor dem Kopf ging Vicky in die Hocke. Sie hielt den Schirm über sich und Azrael.

„Ich muss mit dir reden“, sagte sie leise.

Von Azrael kam keine Reaktion.

„Bitte, Azrael, ich muss dir etwas sagen. Du ... du brauchst einfach nur zuhören. Es wird dich freuen.“ Der letzte Satz hatte einen bitteren Unterton.

Hatte es einfach länger gedauert oder öffnete er nur deshalb die Augen? Es war egal und Vicky wollte nicht darüber nachdenken.

„Es tut mir leid, dass ich beim letzten Mal so heftig war“, antwortete Azrael, noch bevor er sie begrüßt hatte. „Schön, dass du gekommen bist. Es ist gut, dich zu sehen.“

Vicky fiel ein großer Stein vom Herzen. „Wie geht es dir?“, fragte sie.

„Gut. Und dir?“

„Auch. Auch gut.“

Sie schwiegen beide.

„Warum bist du gekommen?“, wollte Azrael wissen.

Vicky überlegte, wie sie es sagen sollte. „Ich weiß jetzt, dass du recht hast. Dass du mich nur warnen wolltest. Wegen White.“

„Manchmal ist es unerklärlich, von wem wir angezogen werden“, sagte Azrael.

„Er ist mein Feind, nicht wahr?“

Azraels Miene war zustimmend.

„Und er wird es immer bleiben.“

Da zögerte Azrael. Er blickte nachdenklich in das Gras vor sich. „Was heißt ‚immer‘? Was bleibt immer? Es widerstrebt mir, dem IMMER zuzustimmen. Auch wenn ich es gerne täte. Auf unseren Wegen geschieht so viel Unerwartetes. Dinge, die wir nie für möglich gehalten hätten.“

Vicky stöhnte innerlich auf. Was sollte das wieder bedeuten? Jetzt hatte sie sich endlich durchgerungen, White so zu sehen, wie Azrael und Claire es ihr nahegelegt hatten. Und nun kehrte Azrael mit dieser Aussage alles wieder um.

„Meinst du, White könnte vielleicht irgendwann ein Freund werden?“

„Das habe ich nicht behauptet“, sagte Azrael schnell.

„Ich kenn mich nicht mehr aus.“

„Belass es dabei, dass du dich von ihm fernhältst. Und schreite weiter ein, wenn er zu früh nehmen will, was noch nicht lange genug im Buch der Lebenden steht.“

Vicky nickte.

„Montag geht's los. Die Klassenfahrt. Nicht weit. An die Küste. In eine kleine Stadt. Mit der Schule.“

„Kommt Marco auch mit?“

„Woher kennst du Marco? Habe ich dir von ihm erzählt? Ich kann mich nicht erinnern.“

„Vielleicht.“

„Ich glaube, seine Klasse ist auch dabei. Es sind mehrere Klassen aus verschiedenen Stufen.“

„Bleib in seiner Nähe!“

„Warum?“

„Es ist ein Rat von mir. Bleib in seiner Nähe!“

„Das kann ich aber nicht. Er ist in einer anderen Klasse, über mir.“

„Sei einfach wachsam ...“

„Aber wieso? Was willst du damit sagen?“

Azrael zog die Augenbrauen hoch und ließ sie langsam wieder sinken. „Mehr kann ich nicht sagen, Vicky. Ich weiß nicht mehr.“

Sie blieben noch ein wenig zusammen.

„Möchtest du wieder ... willst du wieder so sein wie früher?“, fragte Vicky plötzlich.

Der Engelskopf sah zu ihr hoch. „Ich möchte zumindest wieder zusammengesetzt werden und auf meinem Podest stehen.“

„Das ist aber nicht so einfach“, sagte Vicky bedauernd.

„Du hast mich gefragt und ich habe dir geantwortet.“

„Und deine Engelskraft? Willst du sie zurück?“

„Ja.“

„Wie soll das gehen?“

Betrübt senkte Azrael seinen Blick. „Ich weiß es auch nicht. Manchmal müssen wir einfach warten, bis etwas geschieht, was uns den Weg weist.“

Als sie zu frösteln begann, erhob sich Vicky. Sie streckte die steifen Beine und den Rücken.

„Du bist ein absolut guter Freund“, sagte sie zu Azrael.

„Fröhliche Tage!“, wünschte ihr der zerbrochene Engel. Als Vicky sich nach ein paar Schritten noch einmal zu ihm umdrehte, war sein Kopf wieder völlig versteinert und starr. Ein Käfer kletterte seine Nase hinauf. Vicky ging zurück und verscheuchte ihn.

DROHUNGEN

Vicky nahm es als gutes Zeichen. Als der Bus die Küste erreichte und sie zum ersten Mal auf das Meer hinausblicken konnten, zerriss die düstere Wolkendecke.

Wie lange, leuchtende Finger fielen die Strahlen der Sonne auf das Wasser und spiegelten sich auf den Kämmen der Wellen. Es sah so aus, als würden tausende Diamanten dort draußen tanzen.

Nessa und Gloria saßen nebeneinander, Vicky hatte eine Zweierbank für sich allein. Der freie Sitz diente als Ablage für ihre Rucksäcke.

Mr Nieson sprach durch das Mikrofon. Seine Stimme kam verzerrt aus den Lautsprechern in der Busdecke.

„Wir erreichen in ungefähr zwanzig Minuten unser Ziel. Zuerst werden wir das Quartier beziehen. Es ist ein Gästehaus, keine Jugendherberge. Ich erwarte von euch allen gutes Benehmen, ist das klar?"

Er erhob sich von seinem Sitz und blickte fragend über die Köpfe hinweg.

„Ja, Mr Nieson", leierten einige betont gelangweilt.

„Lunch bekommen wir im Gästehaus zum Mitnehmen. Exakt eine Stunde nach unserer Ankunft brechen wir zu einer ersten Erkundungstour auf. Zu Fuß."

Das Loch in den Wolken wurde größer und es schien doch noch ein Sommertag zu werden.

Ein Lichtblick, dachte Vicky.

So sehr sie auch versuchte, White aus ihren Gedanken zu verdrängen, so unerbittlich kehrte er immer wieder zurück.

Nessa beugte sich über den Gang zu ihr. „He, Lady, bist du in Ordnung?"

„Geht schon." Vicky zwang sich zu einem Lächeln.

Gloria hatte ihren Mini-Laptop auf den Knien und tippte unermüdlich. Nessa deutete mit dem Daumen auf sie. „Das Baby ist ganz besessen von den Tipps für Verliebte. Scheint auch Erfolg zu haben."

Freudig klatschte Gloria in die Hände und reichte den Computer zuerst Nessa und dann Vicky.

Vicky las:

Hi Wahnsinnsengel,
danke, danke, danke. Hat alles geklappt. Ich bin am letzten Abend sicher nicht ohne Mädchen. Susan hat sich echt gefreut, als ich sie gefragt habe. Also gefragt, ob sie mit mir gehen will und so. Wir haben auch beide sofort geredet. Über unsere Zahnspangen. Ihre muss noch zwei Jahre drinnen bleiben. Meine nur noch drei Monate.
Also danke, ich schulde euch was!
Ramon

Ein blinkendes Ausrufezeichen auf dem Bildschirm zeigte das Eintreffen einer weiteren Nachricht an. Aus Neugier klickte Vicky sie sofort an. Sie überflog die Zeilen und zog die Augenbrauen zusammen.

„Lies das mal", sagte sie zu Nessa und reichte ihr den Laptop.

Nessa zog einen Mundwinkel hoch, Gloria war entsetzt. „So gemein!“, brauste sie auf.

Ihr seid wirklich wahnsinnig!
Was soll der Schwachsinn, den ihr verbreitet? Ich hoffe, ihr fliegt endlich auf! Ihr seid an unserer Schule, da bin ich sicher. Ich wünsche euch, dass ihr rausfliegt! Eure „Agentur“ ist das Blödeste, das die Welt je gesehen hat. Ihr haltet euch wohl für besonders schlau. Dämliche Tanten seid ihr! Aufgeblasen und unnötig.
Ich werde euch fertig machen, damit dieser Quatsch endlich ein Ende hat. Verlasst euch drauf!
Jemand, der euch einfach nur doof findet!

„Damit macht man am besten das!“ Nessa setzte ihren Finger auf die Löschtaste.

Pling! Der Eintrag war verschwunden.

„Wer kann das sein? Wieso ist jemand so fies?“ Gloria konnte so etwas nicht verstehen.

„Dummheit stirbt nicht aus“, erklärte Nessa.

Wenige Minuten später traf die nächste Nachricht ein. Wieder mit unbekanntem Absender und einer Drohung.

Ihr Blödengel,
ihr müsst wirklich so was von bescheuert sein! Wisst ihr, dass ihr Leute nur unglücklich macht? Das ist das Einzige, was ihr könnt. Ihr solltet den ganzen Tag lang heulen, blöd wie ihr seid.
Aber ich mache euch fertig!

Vicky kam ein Verdacht. Sie wollte ihn nicht laut sagen und bat Nessa um den Laptop. Sie öffnete ein neues Dokument und tippte:

Ist wahrscheinlich Kelly.

„Was habt ihr da?"

Mr Nieson stand im Mittelgang. Er streckte die Hand nach dem Mini-Laptop aus.

„Das ist meiner!", rief Gloria fast hysterisch.

„Hast du etwas zu verbergen?"

JA, hätten die drei Freundinnen antworten müssen. Natürlich taten sie es nicht. Der Laptop war genau zwischen Nessa und Vicky. Wenn Mr Nieson ihn jetzt in die Hände bekam, würde er das Logo der *Wilden Wahnsinnsengel* sehen.

Nessa riss den kleinen Computer an sich und drückte auf den Ausschaltknopf.

„Gib ihn mir! Ist das so ein Ding, mit dem ihr im Internet surfen könnt?" Mr Niesons Hand kam immer näher.

Eine leise Tonfolge ertönte. Das Zeichen, dass der Computer hinuntergefahren war.

„Nein, ja, so halb", stotterte Gloria herum.

Nessa reichte dem Lehrer das Gerät. Er drehte den Bildschirm zu sich, warf einen Blick darauf und sah dann zurück zu Nessa.

„Noch verdächtiger geht es wohl nicht? Ihr wolltet also nicht, dass ich sehe, was ihr da gerade getan habt?"

„Nein, wir müssen den Akku schonen!", erwiderte Nessa und klimperte unschuldig mit den Wimpern.

„Verkauft jemand andern für dumm.“ Mr Nieson drückte ihr den Computer wieder in die Hände.

„Kann ich kurz mit dir reden?“ Die neue Lehrerin kam von hinten aus dem Bus zu Mr Nieson vor. Sie sah die Mädchen freundlich an.

„Und, habt ihr Spaß?“, erkundigte sie sich.

„Großen!“, versicherte Gloria strahlend.

„Ja, Mona?“ Mr Nieson lächelte die Referendarin an. So etwas hatten die *Wahnsinnsengel* in seinem Gesicht noch nie gesehen.

„Ich habe das Programm durchgesehen und ein paar Fragen wegen meiner Gruppe. Ich will da nichts falsch machen.“

Mr Nieson sah sich um und deutete auf eine leere Bank drei Reihen weiter hinten. „Setzen wir uns dorthin“, entschied er.

Dankbar nickte die junge Lehrerin.

Vicky und Nessa wechselten einen vielsagenden Blick.

„Das Glück wäre perfekt, wenn meine Mike-Maus auch dabei wäre“, seufzte Gloria. Leider hatte seine Klasse ein anderes Ziel gewählt. Gloria öffnete ein Medaillon, das sie an einer Goldkette um den Hals trug und seufzte noch einmal tief.

Nessa warf einen Blick darauf und neigte sich dann zu Vicky: „Mike mit und ohne Brille“, berichtete sie.

„Süß“, sagte Vicky.

Das Gästehaus war ein altes Gebäude, bestimmt hundert oder mehr Jahre alt. „Marco ist auch hier“, meldete Gloria und deutete in der Halle zu einer Gruppe von Jungen und

Mädchen. Etwas abseits stand Marco und las in einem Taschenbuch.

Cindy schwebte an ihnen vorbei.

„Die Lady hat sie doch nicht mehr alle“, ätzte Nessa und deutete auf den pinkfarbenen Schminkkoffer aus Lackleder, den Cindy schwenkte.

„Oh nein!“ Vicky drehte sich schnell mit dem Rücken zur Halle. „Stellt euch zu mir. Ganz dicht!“, zischte sie.

„Was'n?“, wollte Nessa wissen.

„Kelly! Kelly ist auch da.“

Gloria dachte nach. „Dann kann sie wohl kaum die Drohbriefe geschickt haben. Wie sollte sie das gemacht haben? Sie war doch mit auf der Fahrt.“

Nessa schlug sich die flache Hand auf die Stirn. „Blondie, bitte, wo bist du gegen gerannt? Denkst du, du bist die Einzige mit so einem Mini-Laptop? Andere sind auch unterwegs und im Internet.“

„Echt? Na klar!“ Gloria legte einen Finger auf die Lippen und guckte zerknirscht.

„Wieso darf Kelly dich nicht sehen?“, wollte Nessa von Vicky wissen.

Vicky hatte den Freundinnen noch nichts von den Ereignissen am Samstag erzählt.

„Ich sag's euch später. Aber sie hat mich schon einmal gesehen. Und sie hält mich für nicht von dieser Welt!“

Nessa spreizte die Arme von sich weg und tat, als würde sie flattern. „Haben wir wieder einmal ...?“

Stumm nickte Vicky.

Mr Nieson stellte sich in die Mitte der Halle und klatschte in die Hände.

„Ich gebe jetzt die Belegung der Schlafräume bekannt. Es sind Zimmer mit zwei bis sechs Betten."

„Wir zusammen!", rief Gloria und deutete auf sich und ihre Freundinnen.

„Die Einteilung wurde bereits bestimmt", erwiderte Mr Nieson kühl. Er begann, die Namen und die zugehörigen Zimmernummern laut vorzulesen. Nessa, Gloria und Vicky waren jede in einem anderen Zimmer. Entsetzt hörte Vicky, dass sie sich ein Zimmer mit Cindy und zwei anderen Mädchen teilen sollte.

„Zickenalarm", raunte ihr Nessa zu. „Beileid."

Als Mr Nieson mit der Liste durch war, wurde in der großen Halle wild durcheinandergeredet. Niemand war mit der Einteilung zufrieden und alle beschwerten sich lautstark.

Mr Nieson beendete das Treiben auf seine Art. „Aus! Diese Einteilung gilt und ist nicht zu ändern."

„Ich fahre heim!", sagte Gloria aufgebracht.

„Das kannst du gerne machen, Tenner!" Mr Nieson fixierte sie böse. „Du solltest dir dann aber überlegen, ob du wirklich weiter unsere Schule besuchen möchtest."

„Lass gut sein!", sagte Vicky leise.

Mr Nieson hielt einen Umschlag in die Höhe. „Ich habe hier einen Brief der Bürgermeisterin von Broadgate, den ich noch verlesen soll. Ruhe!"

Nur langsam verebbte das Geplapper. Mit dem Finger schlitzte Mr Nieson den Umschlag auf, holte den Brief heraus und entfaltete ihn. Laut las er vor: „ Liebster Philipp, wenn ich an dich denke, ist mein Kopf ganz leer. Du bist für mich der Größte."

Mr Nieson brach ab. Rund um ihn wurde gekichert.

„Und weiter?“, verlangte jemand frech.

„Weiter geht es so“, sagte Mr Nieson unter größter Beherrschung. „Deine Augen sind so grün wie das Moos im Wald, wo ich gerne mit dir liegen möchte. Jeder deiner Küsse elektrisiert mich. Ich gäbe viel dafür, ein Gedicht schreiben zu können, das ausdrückt, wie verrückt ich nach dir bin. Nach dir und dem süßen Muttermal an deinem Kinn.“

Vicky, Gloria und Nessa hatten alle drei das Gefühl, jemand hätte einen Fluch über sie gelegt, der sie zu Stein erstarren ließ. Vicky wurde zuerst sehr heiß, dann kalt. Gloria kaute an den Nägeln. Nessa schwitzte.

Immer mehr ihrer Mitschüler kicherten. Einige deuteten auf das dunkle Muttermal am Kinn des Lehrers. Es war nicht zu übersehen.

Mr Nieson brachte die Sache zu Ende: „Oh Philipp, ich werde für dich kochen lernen, damit du niemals Hamburger oder Pizza essen musst. Am besten, wir kochen gemeinsam, Schulter an Schulter in der Küche, ein Liebesmahl. Auch wenn du diesen Brief vielleicht dumm findest und denkst, dass die großen Dichter der Welt es viel besser hätten sagen können, so sollst du doch wissen, dass jede Zeile aus meinem Herzen kommt. Und dort bist auch du.“

Sein Blick wanderte zum unteren Rand der Seite. „*Wildewahnsinnsengel.com*“, schloss er. Er sah auf.

„Echt? Hat sich die Bürgermeisterin an die Engel gewendet?“, rief jemand.

Mit eisiger Ruhe sah Mr Nieson von Schüler zu Schüler. „Ihr mögt das sehr lustig finden. Ich aber nicht. Bis heute

Abend will ich die Namen! Einmal den des Scherzboldes, der diesen Brief als Nachricht der Bürgermeisterin ausgegeben hat. Und ich will Namen der Komiker, die hinter dieser *Wilden-Wahnsinnsengel*-Sache stecken. Wir wissen, dass es sich um Schüler unserer Schule handelt. Die Direktorin und ich stimmen überein, dass wir solche Aktivitäten nicht dulden." Er ging weiter auf und ab. „Wer hinter diesen *WILDEN ENGELN* steckt, kann sich freiwillig melden und mit einer Verwarnung davonkommen. Anderenfalls werde ich sie ausfindig machen. Dann haben sie mit einer Strafe zu rechnen."

„Wieso Schüler?", rief ein Junge. „Klingt doch mehr nach Mädchen."

Vicky war sich sicher, dass alle sahen, wie rot und verlegen sie auf einmal waren.

„Schülerinnen oder Schüler ist mir völlig egal. Ich will die Namen! Habe ich mich verständlich ausgedrückt?" Mr Niesons Entschlossenheit war beängstigend.

Rundherum wurde aufgeregt geflüstert.

„Auf eure Zimmer! Auspacken! In 25 Minuten wieder hier in der Halle!"

Die anderen Lehrer waren zu ihm getreten und begannen, leise miteinander zu reden.

Ihre Tasche unter den Arm geklemmt, ging Vicky langsam auf die Treppe zu. Ihr war übel. Ob das von dem Geruch kam? Im ganzen Haus roch es wie in der Sporthalle der Schule. Dazu mischte sich der Mief von altem Essen. Ihr war der Appetit vergangen.

Der Teppich der Treppe war schmutzig und abgetreten, die Farbe der Wände grau vom Staub der Jahre.

Neben Vicky tauchten Nessa und Gloria auf. „Wir reden später“, raunte sie ihnen zu.

Gloria war weiß im Gesicht. Nessa schnaufte heftig. Während die beiden nach links mussten, lag Vickys Zimmer rechts. Es hatte die Nummer 34 und war winzig. Die vier Betten mussten mit Gewalt hineingepresst worden sein, man konnte kaum zwischen ihnen hindurchgehen. Über jedem Bett waren ein Regalbrett und zwei Kleiderhaken befestigt.

Cindy ließ ihren Schminkkoffer fallen, als sie das Zimmer betrat. „Ist das hier ‚Versteckte Kamera‘?“

Die anderen beiden Mädchen hießen Liz und Maureen. Liz hielt den Kopf gesenkt, während Maureen jemand war, der sofort eine dicke Lippe riskierte.

„Wirst es schon überleben, Süße!“, polterte sie und wählte das Bett am Fenster. Vicky nahm das davor, das näher bei der Tür stand. Cindy drängte sich sofort zum anderen Fensterbett. Sie schob die untere Hälfte des Fensters in die Höhe, beugte sich hinaus und sog geräuschvoll die Luft ein.

„Spring nicht“, meinte Maureen bissig.

„Meine Eltern werden sich beschweren. Das hat ein Nachspiel!“, kündigte Cindy an. Sie holte einen Spiegel aus dem Schminkkoffer, der randvoll mit Kosmetika gefüllt war, und begann, ihre Frisur zu richten. „Wir haben Kontakte zum Schulrat.“

Liz versteckte ihre abgewetzte Tasche unter dem Bett und kauerte sich auf die Bettkante. Neben sich stapelte sie einige zerlesene Bücher.

„Was is’n das?“, fragte Cindy angeekelt.

„Bücher über die Gegend. Und ein Roman, der hier spielt. Und ein Roman von einem großen Schriftsteller, der hier gewohnt hat."

„Streberin", sagte Cindy und grinste abfällig. Sofort duckte sich Liz, zog die Bücher an sich und presste sie an die Brust, als müsste sie sich daran festhalten.

Mit einer gewissen Zufriedenheit meinte Cindy: „Diese *Wilden Wahnsinnsengel* sind jetzt aber gehörig ins Fettnäpfchen getreten. Geschieht ihnen recht."

„Wieso?", platzte Vicky heraus.

Cindy drehte sich mit einem verächtlichen Blick zu ihr um. „Weil sie Leute in Schwierigkeiten bringen."

„Wen?", schoss Vicky nach.

„Zum Beispiel mich." Affektiert deutete Cindy mit ihren langen, aufgeklebten Nägeln auf sich. „Man hat mich verdächtigt, hinter dieser Doofheit zu stecken. Deshalb wurden meine Freundinnen und ich nicht auf den Schulball gelassen. Mein Vater hat der Direktorin danach die Hölle heiß gemacht."

„Ach, ich dachte auch, dass ihr das seid!", sagte Vicky und versuchte, überzeugend zu klingen.

Cindys Blick hätte sie getötet, wenn sie die Kraft dazu besessen hätte.

„Das mit dem Brief war auf jeden Fall ein Schlag für sie", sagte Cindy zufrieden, während sie sich weiter im Spiegel bewunderte.

„Weißt du was darüber?", ließ Vicky nicht locker.

„Wieso fragst du so viel?" Cindy wurde argwöhnisch.

Vicky zuckte mit den Schultern. „Wir können uns auch anschweigen, wenn du das vorziehst."

Maureen schob sich an Cindy vorbei und versetzte ihr einen leichten Stoß. Der Spiegel fiel Cindy aus der Hand und zerbrach auf dem Boden.

„Bist du verrückt? Das bedeutet sieben Jahre Unglück!" Cindy bekam fast einen hysterischen Anfall. Sie sammelte die Scherben auf und legte sie auf der schäbigen Decke ihres Bettes zusammen wie ein Puzzle.

„Reg dich ab!", riet ihr Maureen ungerührt.

Sprung von den Klippen

Broadgate war ein verschlafenes Städtchen, in dem die Zeit stehen geblieben war.

„Wie unglaublich altmodisch hier alles ist“, stellte Gloria fest. Sie deutete auf ein junges Paar, das einen Kinderwagen an ihnen vorbeischob. „Solche Klamotten sind doch seit Jahren total out. Wer trägt so etwas noch? Wie bekommt man solche Sachen überhaupt?“

Nessa rollte mit den Augen. „He, Lady, wir sind hier nicht auf einer Modenschau! Nieson will Fakten.“ Sie wackelte mit der Mappe, die ihnen der Lehrer überreicht hatte. Sie enthielt zehn verschiedene Arbeitsblätter, die ausgefüllt werden mussten.

„Ich hab keine Lust, hier Forscher zu spielen!“, schmollte Gloria. Etwas anderes fiel ihr wieder ein, was sie kurzzeitig beiseitegeschoben hatte. „Mädels, was tun wir eigentlich wegen der *Wahnsinnsengel*?“

„Was schon?“ Nessa verdrehte die Augen erneut.

„Wir stellen uns?“ Gloria starrte sie ungläubig an.

„Natürlich nicht. Nein, wir sagen gar nichts.“

Vicky hatte den Freundinnen noch nicht erzählen können, welche Vermutung sie seit dem Gespräch mit Cindy hatte. „Es könnte Cindy gewesen sein oder eine ihrer Kletten. Sie haben diesen Liebesbrief bei uns in Auftrag gegeben, damit wir in Schwierigkeiten kommen.“

Gloria sah sie erstaunt an. Aber Nessa murmelte: „Würde zu denen passen!“ Nachdenklich machten sich die drei Freundinnen auf den Weg.

Eine kühle Brise strich vom Meer her über die tiefe Bucht und den Strand. Bunte Badehäuschen reihten sich hier aneinander. Vor den meisten lagen Leute auf Liegestühlen.

Die Mädchen gingen auf der Mole vor bis zum Wasser. Die Wellen rollten unermüdlich gegen den Beton. An einem kleinen Kiosk wurde Eis verkauft. Möwen kreisten kreischend über dem Häuschen. Immer wieder warf jemand eine leere Eistüte oder ein Stück Brot für sie ins Wasser.

Im Norden stiegen die Klippen zu einer hohen kalkweißen Wand an.

„Aus welchem Gestein sind die Klippen?“, las Gloria von einem der Fragebogen vor.

„Kreidefels“, erinnerte sich Vicky. Alle drei trugen die Antwort sofort ein.

„Dort oben steht jemand!“ Nessa deutete zum oberen Ende der Klippen. Es war eine nach vorn springende Felsnase, die eine Art Plattform bildete. Darunter fiel die Küste fast senkrecht ins Meer hinab.

„Na und?“ Gloria war damit beschäftigt, ihre Frisur gegen den Wind zu verteidigen.

„Jemand in Badehosen!“, berichtete Nessa weiter.

Vicky hielt die Hand über ihre Augen, um gegen die Sonne besser sehen zu können. Nessa hatte recht. An der vordersten Kante der Klippen wippte jemand auf und nieder und schwang die Arme.

„Das ist dieser Todesspringer“, sagte eine bekannte Stimme hinter ihnen. Vicky drehte sich um und sah Aaron und ein paar andere Jungs der Footballmannschaft. Alle Blicke waren auf den Springer geheftet. Marco lief hinter ihnen. Er wirkte niedergeschlagen.

„Der Typ springt von dort oben ins Meer!“, sagte Aaron zu seinen Freunden.

Vicky bekam feuchte Handflächen. Die Klippe war bestimmt fünfzehn Meter hoch, vielleicht zwanzig. Allein dort hinaufzuschauen, verursachte bei ihr Höhenangst.

Die Jungs gaben verschiedene Kommentare von sich. Sie reichten von „stark“ bis zu „cool“, „gestört“ und „irre“.

Der Mann auf der Klippe trat noch weiter vor.

Vicky hielt den Atem an.

Er schüttelte sich kurz und blieb dann regungslos stehen. Langsam hob er beide Arme und verharrte.

Glorias Stimme überschlug sich benahe. „Der Mann springt aber nicht wirklich von dort oben ...?“

In diesem Moment stieß er sich ab.

Der Sprung in die Tiefe begann mit einem Salto, dem noch ein zweiter folgte. Danach streckte sich der Körper des Mannes, bis er wie ein dünner Speer kerzengerade ins Meer tauchte. Nur wenig Wasser spritzte auf.

Die Jungen brachen in Gegröle aus. Einige klatschten Applaus.

Der Eisverkäufer, ein rothaariger Kerl mit Ziegenbärtchen, hatte genauso gespannt zugesehen wie alle anderen.

„Ein Verrückter. Er kommt aus Acapulco. Dort ist er auch immer von den Klippen gesprungen. Nur ein paar Meter zu weit nach links oder rechts und er würde sich den Schädel spalten. Dort sind Felsen im Wasser, die nur bei Ebbe herausragen.“

Aaron wandte sich an die anderen. „Und, Kumpels, wer macht das nach?“

„Kein Bedarf!“, wehrten die meisten lachend ab.

„Den letzten Rest Hirn behalt ich lieber im Kopf!“, rief einer.

„Da mach ich mir in die Hosen“, tönte ein anderer. Wieder gab es viel Gelächter.

Nessa zeigte zu der Stelle am Strand, an die der Springer gekrault kam. Er lief aus dem Wasser zu einer Frau, die ihn schon mit einem Bademantel erwartete. Die beiden lachten.

Vicky musste die Vorstellung, von dort oben zu springen, verscheuchen. Was für ein Albtraum! Sie kramte ein paar Münzen aus ihrer engen Jeanstasche.

„He, ich lade euch auf ein Eis ein“, bot sie ihren Freundinnen an.

Nessa war sofort begeistert. „Ich habe für die drei Tage diätfrei von meiner Mam bekommen. Es ist unmöglich, auf Klassenfahrt Diät zu halten, das sieht sogar eine sture Lady wie sie ein.“

Der Verkäufer mit dem Ziegenbärtchen ließ die Softeiscreme kunstvoll in die Waffeln rinnen.

Als Vicky die Hand nach der ersten ausstreckte, musste sie husten. Sie griff sich an die Kehle und würgte.

„Biene verschluckt?“, fragte Gloria besorgt.

Nein, es war keine Biene. Es war der Hauch des Todes. Vicky hatte auf einmal das Gefühl, nicht mehr atmen zu können und wankte zum Wasser.

Der frische Meereswind half nicht. Ihre Nase war wie blockiert, ihre Lunge verweigerte beinahe ihren Dienst.

Vicky hustete und spuckte. Nach vorn gebeugt erreichte sie die Kante der Mole. Dort blieb sie stehen und starrte auf den Schaum hinunter, den die anschlagenden Wellen erzeugten.

Vorsichtig versuchte sie, Luft zu holen. Es gelang ihr ein wenig. Langsam richtete sie sich auf. Gloria stand neben ihr und starrte sie mit großen, mitfühlenden Augen an. Nessa hatte die Hände in die Seite gestemmt und schüttelte ratlos den Kopf.

Aaron und seine Freunde waren abgezogen. Marco mit ihnen.

„Was war das gerade, Miss?“, erkundigte sich Nessa.

Vicky hob die Hände, als hätte sie keine Erklärung. Sie hatte auch keine. Nur eine Vermutung. Nachdenklich sah sie Aaron hinterher. Sein heller Irokesenkamm ragte aus der Gruppe der Jungen heraus.

Aaron war jemand, der es liebte, an die Grenzen zu gehen. Sich dabei in Gefahr zu bringen, schien ihn nur noch mehr zu reizen.

„Aaron hat doch mal so einen Bungee-Jump gemacht“, sagte sie zu Gloria und Nessa.

Gloria, die fast allen Klatsch und Tratsch der Schule kannte, nickte eifrig. „Und er hat das Seil so eingestellt, dass er mit dem Kopf in den Fluss eingetaucht ist. Nur ein paar Zentimeter mehr und er wäre aufgeschlagen. Der Veranstalter soll getobt haben.“

Hatte Aaron mit dem Gedanken gespielt, selbst von den Klippen zu springen, überlegte Vicky? Als Nervenkitzel? Zuzutrauen war es ihm.

Sie würde ihn im Auge behalten.

Eine Stunde später zogen vom Meer seltsame gelbgraue Wolken heran. Der Wind blies kräftiger und schlagartig wurde es kalt.

Nessa sah die Mappe mit den Arbeitsblättern durch. „In der Schule zu hocken, ist besser“, brummte sie. „Dort kann man wenigstens ein Nickerchen halten.“

„Nieson ist wahnsinnig“, pflichtete ihr Gloria bei. „Was wir da alles machen sollen, reicht für eine ganze Woche.“

„Besser, wir schaffen es irgendwie. Nieson ist schlecht gelaunt und absolut auf diesem Trip, seine Lehrermuskeln spielen zu lassen!“, meinte Vicky. Aber sie hatte einen Vorschlag: „Wir teilen uns das auf. Wir haben noch sechs Blätter auszufüllen. Jeder übernimmt zwei und dann schreiben wir einfach voneinander ab.“

Es sah nach Regen aus. Die drei trennten sich, sie wollten die Sache so schnell wie möglich hinter sich bringen.

Vickys Aufgabe war es, herauszufinden, wie sich Broadgate in den vergangenen fünfhundert Jahren entwickelt hatte. Sie hoffte, im Stadtmuseum alles darüber zu erfahren. An vielen Straßenecken hatte sie Pfeile bemerkt, die den Weg dorthin wiesen. Außerdem hingen Plakate aus, die zu einem Besuch in das neu eröffnete Museum einluden. Das zweite Arbeitsblatt enthielt Fragen zu einem berühmten Maler, der in Broadgate gelebt hatte. Das Museum schien auch dafür eine gute Adresse zu sein.

Die Schultern hochgezogen und nach vorne gebeugt, kämpfte Vicky gegen den Wind an. Durch manche Gassen pfiff er besonders stark. Sie musste ihre Augen mit der Hand gegen den aufgewirbelten Staub und Sand schützen, den die Sturmböen vor sich her peitschten.

Vicky fror. In der Ferne grollte der Donner. Wenn sie Pech hatte, entlud sich demnächst ein Gewitter über Broadgate.

Die Gassen waren eng und verwinkelt wie ein Irrgarten. Einige Male passierte es, dass Vicky im Kreis ging. Wo war nur dieses Museum?

Rund um sie herum wurde es immer dunkler, obwohl es erst Nachmittag war. Ein Blitz warf sein grelles Licht auf die Hauswände, die alle aus Natursteinen gebaut waren.

Endlich entdeckte Vicky wieder einen der Pfeile, die in die Richtung des Stadtmuseums zeigten.

„Absolut unmöglich“, rief sie laut. Das Museum war laut Wegweiser noch ein ganzes Stück entfernt. Dabei war sie vor einiger Zeit schon viel näher gewesen.

Es half alles nichts. Vicky folgte dem Pfeil, ging immer schneller und begann schließlich zu laufen. Schon fielen erste Tropfen. Dick klatschten sie auf den Asphalt des Gehsteigs und hinterließen dunkle Flecken.

Vicky rannte jetzt mit großen Schritten. Sie bog in einen Seitenweg.

Und da stand er vor ihr.

Er schien am anderen Ende der Gasse auf sie gewartet zu haben, ungefähr zehn Häuser entfernt. Sie erkannte ihn sofort an seiner Silhouette, dem offenen, wehenden Hemd und der Art, wie er die rechte Schulter leicht hängen ließ.

Vicky stützte sich an einer Hauswand ab. Sie stolperte noch ein Stück weiter, bis sie endlich stehen blieb. Ihre Lunge brannte und Seitenstechen kündigte sich an. Aber das war alles völlig egal.

Keuchend starrte sie ihn an.

Als der nächste Blitz die Düsternis zerriss, konnte sie sein Gesicht deutlich sehen. Er lächelte sie an. Es war ein liebevolles, fast schüchternes Lächeln.

Sein plötzliches Erscheinen brachte Vicky völlig aus der Fassung.

Langsam hob er die Hand zu einem stummen Gruß.

Vielleicht war er es ja gar nicht.

„White?", fragte Vicky leise. Weil der Wind so heulte, rief sie seinen Namen lauter. „White?"

Er nickte und lächelte weiter. Irgendwie war er verändert. Er strahlte vor Freude. Langsam kam er auf sie zu.

„Hallo Vicky!", sagte er. Mit der Hand deutete er an sich herab.

Was meinte er? Er trug helle Leinenhosen, ein weißes Muskelshirt und das offene Baumwollhemd. Aber das war nichts Ungewöhnliches. So war er doch immer angezogen.

White blieb fünf Schritte von ihr entfernt stehen und hob fragend die Augenbrauen.

„Vicky?"

Sie wich zurück.

Nein, sie musste jetzt stark bleiben. Ganz stark. Claires Worte dröhnten in ihren Ohren. Azraels Warnungen mischten sich darunter. Es war, als würde ihr die beiden je in ein Ohr brüllen.

„Vicky?", fragte White erneut.

Abwehrend hob Vicky die Arme.

Der Regen fiel immer dichter. Schnell wurde der Boden rund um sie nass und dunkel, die Steine begannen, feucht zu glänzen.

„Lass mich! Geh weg!", stieß sie heraus.

Er sah sie zutiefst bekümmert an. „Vicky ... ich muss dir etwas sagen ...“

Sie schüttelte den Kopf. Nein, sie wollte es nicht hören! Deshalb presste sie die Hände auf die Ohren.

White atmete tief durch, nickte dann, als würde er verstehen. Er lächelte sie noch einmal traurig an und begann zu verblassen.

Der Schmerz darüber bohrte sich in Vickys Brust. Sie blinzelte die aufsteigenden Tränen weg. An der Stelle, an der White gestanden hatte, blieben für einen Moment die hellen Abdrücke seiner nackten Füße sichtbar.

Sie hatte alles falsch gemacht!

„White!“, rief Vicky flehend. Dann schrie sie: „White, komm zurück! Bitte, komm zurück!“ Sie stürmte nach vorn und fuhr mit ihren Händen tastend durch die Luft. Vielleicht konnte sie so noch einen kalten Schauer fühlen.

Aber er schien fort zu sein.

Vicky rannte weiter. Voller Verzweiflung schrie sie immer wieder seinen Namen.

Die Gasse endete an einem Torbogen, der sich zwischen den Häusern spannte. Vicky lief hindurch, immer noch nach White rufend.

„Wer ist White? Kann ich das bitte erfahren?“, fragte jemand hart und schneidend.

Mr Nieson stand neben der Holztür eines wuchtigen grauen Gebäudes. MUSEUM stand über dem Eingang.

„Was tust du da?“, wollte er wissen.

Sprachlos starrte Vicky ihn an. Was sollte sie antworten? Ihr fiel nichts ein. Ihr Kopf war leer, ihr Herz dafür voll.

Voller Schmerz.

Strafarbeit

Das Zimmer des Lehrers war wesentlich geräumiger als die „begehbaren Schränke“, wie Gloria die Unterkünfte der Schüler nannte.

Mr Niesons Raum hatte dicke Vorhänge an den Fenstern, an der Wand stand ein großes Bett, ein Schreibtisch und ein Kleiderschrank mit gebogenen Füßen und Schnitzereien. Außerdem gab es ein gemütliches Sofa und einen Lehnsessel.

In dem Sessel kauerte Vicky. Nessa und Gloria hockten auf der Kante des Sofas. Gloria spielte nervös mit den Fingern, während Nessa an der Haut um ihren Daumennagel kaute, bis es blutete.

Mr Nieson ging vor ihnen auf und ab.

„Sehr schlau von euch, das muss ich zugeben. Sich die Aufgaben aufzuteilen, ist schon eine strategische Leistung. Dafür müsste ich euch loben.“

„Ja!“ Gloria strahlte ihn an. Ihr Lächeln hatte auf Erwachsene immer eine magische Wirkung. Sie bekam damit praktisch alles, was sie wollte.

Bei Mr Nieson aber verfehlte es seine Wirkung.

Der Regen peitschte gegen das Fenster. Der Sturm ließ den Ast eines nahen Baumes immer wieder gegen die Hausmauer schnalzen. Glorias Lächeln verblasste.

„Kommen wir zu eurem allgemeinen Verhalten“, setzte Mr Nieson fort. „Was hast du dir dabei gedacht, Cassady, schreiend durch den Ort zu rennen? Und was sollte dieses ‚White! White!‘?“

Ihre Freundinnen blickten gespannt zu Vicky. Nessa und Gloria hatten dafür selbst keine Erklärung, da Vicky nie mit ihnen über White gesprochen hatte.

Was sollte sie sagen? Was würde Nieson schlucken?

„Es war ... nur eine dumme Wette“, sagte Vicky sehr leise und verlegen.

„Aha! So wie diese beiden Burschen im Fernsehen, die sich ins Museum stellen oder ins Kino setzen und laut ‚Popel‘ rufen?“ Er schnaubte verächtlich.

„Ihr drei habt heute Abend Küchendienst. Das bedeutet, ihr müsst das Geschirr abräumen und beim Spülen helfen.“

„Aber meine Hände“, jaulte Gloria auf. Sie schlief sogar manchmal mit Handschuhen, damit ihre Hände zart und weich blieben.

„Ich denke, ich habe mich klar ausgedrückt!“

Gloria erkannte, dass jeder Widerstand zwecklos war.

„Vicky, du bleibst außerdem morgen Abend hier, während die anderen zum Squaredance fahren.“

Nessa rückte näher zu Vicky. „Dann bleibe ich auch hier.“

„VICKY bleibt hier, IHR fahrt mit zum Squaredance“, wiederholte der Lehrer mit geradezu eisiger Bestimmtheit. Er wandte sich Vicky zu. „Du wirst vier Seiten darüber schreiben, wie gutes Benehmen für ein Mädchen deiner Jahrgangsstufe aussieht.“

Es war einfach nur demütigend, was Mr Nieson hier tat.

Vicky wusste, dass sich alle lustig machen würden. Nicht, dass sie bei diesen komischen Volkstänzen hätte mitmachen wollen, aber zu einer so lächerlichen Strafarbeit verdonnert zu werden, war gemein.

„Ihr könnt gehen." Der Lehrer deutete auf die Tür.

Die drei erhoben sich und wechselten einen ratlosen Blick. Konnten sie noch irgendetwas tun?

Vicky öffnete den Mund und sagte: „Eine solche Bestrafung entspricht aber nicht unserem Alter."

Mr Nieson drehte sich langsam zu ihr. „Findest du? Nun, vielleicht muss man als Lehrer in seinen Methoden manchmal ein paar Jahre zurückgehen, um das gewünschte Erziehungsziel zu erreichen."

Das reichte. Die Mädchen wussten, dass absolut nichts mehr zu machen war. Als sie die Tür öffneten, sagte Mr Nieson noch: „Ach ja, ihr könnt die Strafe natürlich sofort als erledigt betrachten, wenn ihr mir die Namen der Schüler nennt, die diesen *Wilde-Wahnsinnsengel*-Unsinn veranstalten und mir diesen Brief in die Hände gespielt haben."

Gloria, Nessa und Vicky mussten nicht eine Sekunde überlegen. Lieber wuschen sie auch noch die Wäsche, als dass sie sich selbst ans Messer lieferten.

Auf dem Flur sagte Vicky leise: „Das geht alles vorbei. Aber WW bleibt."

Nessa und Gloria nickten zustimmend.

Wie Vicky befürchtet hatte, blieb der Spott nicht aus.

Cindy genoss es besonders, die drei Freundinnen zu verhöhnen.

„Können unsere Hausperlen auch noch den Tisch abwischen?", spottete sie. „Hier klebt alles. Einfach eklig. Das Personal heute ist wirklich nicht mehr zu gebrauchen."

Sie erntete viel Gelächter dafür.

Nessa biss die Zähne zusammen. Vicky raunte ihr im Vorbeigehen zu: „Behalte die Teller in der Hand, klar?“ Sie traute Nessa alles zu.

Gloria trug das Geschirr mit spitzen Fingern. Dazu machte sie ein herzerweichend leidendes Gesicht.

Aaron und seine Sportkumpels saßen an einem langen Tisch. Mit aufgestützten Ellenbogen schaufelten sie das Essen in sich hinein. Sie redeten und lachten die ganze Zeit, am liebsten mit vollem Mund. Vicky hatte selten jemanden so schlingen gesehen. Sie blieb in der Nähe dieses Tisches.

Wie recht ihre Mutter doch hatte, wenn sie sagte: „In jedem Unglück ist schon das nächste Glück verborgen.“

Denn das Unglück des Küchendiensts gab Vicky die Chance mitzuhören, was Aaron mit den anderen so redete. Sie hoffte auf einen Hinweis auf den Sprung von den Klippen.

Das Hauptthema am Tisch war tatsächlich der Klippenspringer.

Kauend sagte einer: „Wenn du falsch auf das Wasser aufprallst, ist es hart wie Beton. Dann brichst du dir alle Knochen.“

Ein anderer fand die Felsen unter der Wasseroberfläche faszinierend.

„Wie rinnt Gehirn raus?“, fragte er. „Spaltet sich der Schädel wirklich in zwei Hälften und die ganze Pampe tropft ins Meer? So weißgrau mit Blut ...?“

Die anderen schüttelten sich vor wohligem Ekel.

„Viel höher als der Zehn-Meter-Turm ist das auch nicht“, erklärte Aaron.

Ein etwas kleinerer, aber sehr athletisch gebauter Junge meinte: „Du hast doch Turmspringen gemacht, Aaron."

„Klar! Zwei Jahre."

Gespannte Blicke ruhten auf ihm. Vicky hantierte umständlich mit zwei Tellern ein paar Plätze weiter.

„Und? Machst du es?", stellte endlich einer die Frage, die im Raum stand.

Aaron zuckte mit der Schulter. „Mal sehen."

Damit wusste Vicky genug. Er plante es. Und begab sich so in Lebensgefahr. Sie musste ihn aufhalten.

Als sie die Teller der Jungen nahm, ließ sie beiläufig fallen: „In der Stadt ... da hat jemand von einem Toten erzählt. Einer, der von der Klippe gesprungen ist."

„He, du machst mir richtig Laune", sagte Aaron. „Je mehr Nervenkitzel, desto besser."

Voll daneben, dachte Vicky. Sie hatte das Gegenteil von dem erreicht, was sie wollte.

Nach dem Essen standen Nessa, Gloria und Vicky mit zwei muffligen Frauen in langen Gummischürzen in der Küche. Den Abwasch erledigten zwei Geschirrspüler. Die Mädchen mussten abtrocknen und wegräumen.

Danach durften sie zum Abendprogramm. Die Lehrer hatten einen Spieleabend ausgerufen. Es war eine mittelmäßige Peinlichkeit. Die Ansage, sich in die Zimmer zurückzuziehen, kam wie eine Erlösung.

Im Zimmer war es dunkel und heiß. Cindy hatte gezetert, als Maureen das Fenster offen lassen wollte.

„Es zieht und ich habe einen empfindlichen Nacken", hatte sie gejammert. Schließlich war sie allen so sehr auf die Nerven gegangen, dass das Fenster geschlossen blieb.

Vicky lag auf dem Rücken, die Arme hinter dem Kopf verschränkt, und sah zur Decke. Schwarzgraue Dunkelheit umgab sie. Cindys schweres Parfum hing im Raum.

Maureen schlief bereits und schnarchte leise. Liz warf sich unruhig im Bett herum.

Von Cindys Bett kam das leise Rauschen eines Wasserfalls. Sie trug zum Schlafen eine Augenmaske und Kopfhörer. „Wasserfälle beruhigen und bringen angenehme Träume", hatte sie erklärt.

Vicky wunderte sich, wie sie bei dieser Lautstärke überhaupt schlafen konnte.

Obwohl Vicky müde war, kam sie nicht zur Ruhe. Die Ereignisse des Tages beschäftigten sie noch zu sehr.

Wieso war White hier aufgetaucht? Warum hatte sie ihn sehen können? Sie war menschlich gewesen, kein Engel.

Dann fiel ihr etwas ein, das sie erschreckte. Konnte ein Mensch White sehen, wenn der eigene Tod bevorstand? War er vielleicht gekommen, um sie zu holen?

Wieso dann dieses Lächeln? Was hatte das zu bedeuten? Welches Spiel trieb er mit ihr?

„Du willst mich nicht wirklich holen", flüsterte sie in die Dunkelheit.

Sie bekam keine Antwort.

Von wem auch?

Vicky drehte sich auf die Seite und wollte endlich schlafen und vergessen. Das musste doch möglich sein.

Kaum hatte sie die Augen geschlossen, tauchten die Bilder wieder auf. Sie sah White vor sich in der Gasse stehen. Etwas Fremdes ging von ihm aus, das sie noch nie an ihm bemerkt hatte. Wenn sie nur wüsste, was.

Auch der Moment, in dem er verschwand, kehrte zurück. Sie sah noch einmal, wie sich seine Gestalt auflöste und er unsichtbar wurde. Ihr war, als könnte sie den Regen auf der Haut spüren. Den Regen, der Whites Spuren weggewischt hatte.

Nein, es war nicht der Regen gewesen, sondern sie. Sie hatte verlangt, dass er wieder geht und er hatte ihr den Wunsch erfüllt.

Nur die Abdrücke seiner Fußsohlen waren zurückgeblieben. Leicht versetzt, weil er immer auf einem Bein gestützt stand. Seine Füße hatten den Regen dort nicht auf das Pflaster fallen lassen. Darum waren die hellen Spuren zurückgeblieben.

Vicky setzte sich auf. Ihr Herz schien in ihrer Brust zu zerspringen. Sie presste die Hand dagegen, als könnte sie es so beruhigen.

Wieso war ihr das nicht früher aufgefallen? White besaß eine Gestalt, aber keinen Körper. Aber wenn seine Füße die Stelle trocken gehalten hatten, dann musste er einen Körper gehabt haben. Zumindest in diesem Moment.

Wie war das möglich?

Wer bist du, Bryan?, dachte Vicky.

Auf einmal wuchs ein dringender Wunsch in ihr. Lautlos schlüpfte sie unter der Bettdecke hervor, tappte barfuß zur Tür und schlich auf den Flur hinaus.

WER KENNT BRYAN HOAGBERG?

Gloria hatte Glück. Sie teilte sich ihr Zimmer mit Mara, einem asiatischen Mädchen, das die meiste Zeit lächelte, hilfsbereit und freundlich war. Vicky hatte sich Glorias Zimmernummer gemerkt und machte sich direkt auf den Weg zu Nummer 29. Sie packte den Türknauf mit beiden Händen und drehte ihn langsam. Die Tür ließ sich fast ohne Geräusch öffnen.

Sie glaubte, im Zimmer ein kurzes Rascheln zu hören. Doch als sie eintrat, war alles ruhig.

Die Betten standen links und rechts an der Wand. Gloria und Mara hatten die Decken bis zur Nase hochgezogen und die Augen geschlossen.

Vicky konnte nicht entdecken, wonach sie suchte. Sie wollte sich den Mini-Laptop ihrer Freundin ausleihen. Wo hatte Gloria ihn?

Auf allen vieren kriechend sah sie unter das Bett. Dann erhob sie sich und betrachtete die schlafende Gloria.

Die Zimmertür stand einen kleinen Spalt offen. Es fiel genug Licht vom Flur herein, um Glorias Gesicht deutlich zu erkennen.

Kam es Vicky nur so vor oder hatte sie die Augen fest zusammengepresst? Vicky musste an Sally denken, wenn sie sich schlafend stellte.

„Gloria?“, flüsterte sie.

Ein Auge klappte vorsichtig auf.

„Ach, du!“, flüsterte Gloria erleichtert. „Wir dachten, es wäre Mr Nieson.“

„Wir?“

„Mara und ich. Wir machen eine kleine Party.“

Vicky drehte sich zum anderen Bett, von dem ihr Mara entgegengrinste. Schnell stand sie auf und schloss die Tür. Gloria und Mara zogen unter ihren Decken zwei kleine Nachtlichter hervor. Sie sahen aus wie altmodische Sturmlaternen mit einer flackernden elektrischen Kerze.

Aber die Mädchen hatten noch mehr versteckt: Schokobonbons, Chips und zwei Dosen Limo tauchten auf. Mara hielt den anderen eine Tüte mit scharfen Wasabinüssen hin.

„Wenn hier schon keine Stimmung herrscht, müssen wir eben selbst dafür sorgen“, kicherte Gloria.

„Ich ... ich brauche deinen Laptop. Kannst du ihn mir leihen?“, rückte Vicky heraus.

„Wozu?“

„Muss was nachsehen. Im Internet.“

„Aber nicht WW?“

Mara zerbiss krachend eine Wasabinuss. „Heißt es nicht WWW?“

Vicky bedeutete Gloria mit den Augen, still zu sein.

„Es geht um jemanden ... über den ich was erfahren will“, druckste Vicky herum.

Gloria zauberte den kleinen Computer unter ihrem Kopfkissen hervor und reichte ihn ihr.

„Danke! Lasst euch nicht stören“, sagte Vicky leise und setzte sich mit dem Rücken gegen die Tür. Sie hielt das Gerät auf den Knien und schaltete es ein. Die Verbindung zum Internet wurde automatisch hergestellt.

Gloria und Mara beobachteten Vicky gespannt. Sie spürte die Blicke und flüsterte: „Hört auf damit, sonst kann ich nicht …“

Sofort sahen die zwei weg.

Vicky zögerte einen Augenblick. War es wirklich klug zu tun, was sie vorhatte?

Sie ließ die Finger über der Tastatur schweben. Dann senkte sie sie und tippte:

Bryan Hoagberg

Sie drückte die Entertaste und gab damit den Befehl zu suchen.

Es dauerte. Ungeduldig starrte sie auf den Bildschirm.

Das Fenster mit der Seite der *Wahnsinnsengel*, zu der nur sie Zugang hatten, war verborgen. Aber ein Klick genügte, um es aufzurufen.

Drei neue Nachrichten waren eingetroffen. Um die Zeit zu überbrücken, öffnete Vicky sie.

Hallo Wahnsinnsengel!
Vorsicht! Wenn ihr wirklich von unserer Schule seid, ist Mr Nieson hinter euch her.
Könnt ihr diesem Widerling nicht auch die große Liebe bringen oder so? Vielleicht wird er dann normal.
Anonym

Vicky fand die Vorstellung eines verliebten Mr Nieson zwar völlig abwegig, aber witzig.

Hallo Wahnsinnsengel,
ich fühle mich so mies und elend. Es ist wegen Monique und Ted. Die zwei sind irgendwie zusammen.
Ich wäre gern mit Ted gegangen. Aber ich muss euch etwas gestehen. Ich habe das mit seinen Blicken nur erfunden. Und auch, dass er mich berührt hat. Das habe ich mir nur gewünscht. Weil ich ihn für mich haben wollte. Ich glaube, ich wollte ihn auch deshalb, weil Monique ihn so mag. Sie bekommt immer mehr als ich. Mam und Dad bevorzugen sie total. Deshalb will ich ihr oft einfach was wegnehmen.
Ich schäme mich wirklich. Das war so dumm.
Und ich muss euch etwas fragen. Es klingt verblödet, ich weiß. Aber ich glaube, dass bei mir so etwas wie ein Engel war. Er hat ausgesehen wie ein normaler Mensch. Ich glaube sogar, es war ein Mädchen von unserer Schule. Und dann hat sie sich in Luft aufgelöst.
Spinn ich? Muss ich zum Arzt? Oder war das wirklich ein Engel? Er hat mich nämlich gestoppt, als ich Ted Monique ausspannen wollte.
Bitte antwortet mir schnell und haltet mich nicht für verrückt, bitte!
Kelly

Vicky schrieb sofort zurück:

Hallo Kelly,
du bist ganz normal. Manchmal spielt uns die

Fantasie einen Streich oder unser Gewissen meldet sich. Es sagt uns, dass etwas, was wir vorhaben, nicht richtig ist. Wie eine innere Stimme. Die verwandelt sich dann in unserem Kopf in eine Person, die wir kennen.
Vermutlich bist du dem Mädchen in der Schule begegnet und hast dich an sie erinnert.
Wenn du auf dein Gewissen hörst, bist du auf dem richtigen Weg. Und es kommt dir bestimmt nur so vor, als würden deine Eltern deine Schwester bevorzugen.
Vielleicht empfindet sie es genau umgekehrt?
Auf jeden Fall ist sie ein wirklich tolles Mädchen, genau wie du.
Wir finden euch beide großartig!
Deine Wilden Wahnsinnsengel

Der letzte Eintrag ließ Vicky die Augenbrauen heben.

Wer auch immer hinter diesem Unsinn steckt!
Das ist die letzte Warnung!
An unserer Schule dulden wir solchen Blödsinn nicht und möchten auch nicht, dass unsere Schüler ihre Zeit mit diesen üblen Kuppelspielen vertun.
Entweder ist diese Internetseite bis zum Ende der Woche verschwunden oder wir ergreifen andere Maßnahmen. Es ist nämlich möglich herauszufinden, wer hinter dieser Seite steckt.
Philipp Nieson
Im Namen der Direktion

Der ging es ja scharf an, dachte Vicky.

Zum Glück hatte sie einen Stiefbruder, der ein Internet- und Computerhalbgott war. Sie würde ihn fragen, ob es wirklich möglich war festzustellen, wer eine Internetseite betrieb. Morgen musste sie ihn gleich anrufen. Wie gut, dass Gloria ihr Handy dabeihatte.

Mittlerweile war auch Vickys Suchanfrage durch. Zu ihrer Enttäuschung gab es aber keinen einzigen Eintrag zu „Bryan Hoagberg“. Zum Familiennamen „Hoagberg“ erschienen nur zwei Meldungen.

Es gab Hoagbergs auf Papua-Neuguinea und in den Vereinigten Staaten.

Vicky rief die Seiten auf.

Die Hoagbergs auf Papua-Neuguinea waren ein uraltes Ehepaar. Wange an Wange sah man sie auf einem Foto ihres 70. Hochzeitstages. Sie waren beide über neunzig, aber, wie sie schrieben, noch immer schwer verliebt.

Vicky fand das süß. Die Webseite war ein Geschenk zum Hochzeitstag von Freunden. Der Text dazu lautete: „Ireen und Albert Hoagberg – ein gutes Beispiel dafür, dass alte Liebe nicht rostet.“

In einem kurzen Interview schilderte das alte Paar, wie sie ihre Liebe jung gehalten hatten.

„Niemals jammern“, sagte Albert.

„Immer ein gutes Wort füreinander haben“, sagte seine Frau.

„Sich in schweren Zeiten beistehen und trösten.“

Die letzte Zeile lautete: „Die traurigen Seiten des Lebens gemeinsam ertragen, die guten gemeinsam genießen. Wir haben von beidem viel bekommen.“

Es gab einen Button, den man anklicken konnte, um dem Paar Glückwünsche zu senden. Vicky überlegte kurz und tat es dann. Sie schrieb:

Liebe Irene und lieber Albert Hoagberg,
meine Mam sagt auch immer, dass die Liebe die größte und höchste Macht der Erde ist. Leider sind sie und mein Dad nicht mehr zusammen. Es war sehr traurig für mich, als sie sich getrennt haben.
Ich wünsche Ihnen alles Gute. Absolut viel Freude!
Und ich habe eine Frage. Kennen Sie einen Bryan Hoagberg?
Es würde mich sehr freuen, wenn Sie mir zurückschreiben.
Viele Grüße,
Vicky

Als eigene Absenderadresse verwendete sie die der *Wilden Wahnsinnsengel.*

Die anderen Hoagbergs in den U.S.A. waren offenbar wohlhabende Leute in Texas. Von ihnen gab es zwei kleine Fotos. Mr Rod Hoagberg mit Westernhut und strichdünnem Schnauzbart. Seine Frau mit großer Brille und weißer Bluse. Er war sogar in der Politik tätig und sie stand mehreren Wohltätigkeitsvereinen vor.

Auch hier fand Vicky eine Mail-Adresse.

An Mrs und Mr Hoagberg: Ich besuche eine Schule in England, neunte Klasse. Wir machen gerade ein Projekt, für das wir Nachforschungen über Familien

anstellen sollen, die nach Amerika ausgewandert sind.
Ich suche nach einem Bryan Hoagberg. Gibt es in Ihrer Familie jemanden, der so heißt? Oder vielleicht einer Ihrer Vorfahren?
Über eine Antwort würde ich mich freuen.
Viele Grüße,
Vicky

Sie war mit dem Text zufrieden und schickte ihn ab.

Vielleicht würde sie morgen oder etwas später erfahren, was sie wissen wollte. Allein die Tatsache, etwas unternommen zu haben, beflügelte sie. Vicky klappte den Computer zusammen und reichte ihn Gloria.

„Kannst du ihn bitte aufladen, ich werde ihn morgen ein paar Mal brauchen."

„Klar, gerne!", sagte Gloria und verstaute ihn wieder unter dem Kissen.

Vicky war noch immer nicht richtig müde und blieb noch etwas bei Mara und Gloria. Sie knusperten Süßigkeiten und tuschelten leise, hauptsächlich über Jungs. Kichernd tauschten sie aus, was sie an welchem Typen gut fanden und was nicht. Als alle drei zu gähnen begannen, stand Vicky auf, streckte die Beine und verabschiedete sich.

Sie schlich auf den jetzt dunklen Gang hinaus. Tastend lief sie an der Wand entlang und hielt alle paar Meter inne, um zu hören, ob jemand kam. Jetzt bloß nicht Mr Nieson in die Hände laufen.

Sie hörte näher kommende Schritte und Gesprächsfetzen. Schnell trat sie hinter einen Schrank. Als sie sich vorbeugte und um die Ecke spähte, sah sie zwei Leute die Treppe heraufkommen. Es waren ein Mann und eine Frau. Er hatte den Arm um ihre Schulter gelegt und ihre Köpfe berührten sich. Ohne Zweifel schienen sie sich ziemlich gut zu verstehen. Sie glucksten lachend, als hätten sie sich gerade einen guten Witz erzählt.

Irgendwie wirkten sie ausgelassen und verliebt.

Als sie sich dem leuchtenden Hinweisschild für den Notausgang näherten, fiel sanftes Licht auf die zwei.

Das ist ja interessant, dachte Vicky und musste grinsen.

JEMAND ZUM REDEN HABEN

„Nicht – dein – Ernst!“, rief Nessa aus und betonte dabei jedes Wort einzeln.

„Mein – voller – Ernst“, antwortete Vicky auf die gleiche Art und Weise.

Gloria klatschte in die Hände. „Das ist köstlich. Einfach nur köstlich.“

„Hast du kein Beweisfoto gemacht?“, fragte Nessa scherzhaft.

Vicky verzog bedauernd das Gesicht. „Hatte leider keine Kamera. Verpasste Gelegenheit.“

Die drei schlenderten vor dem Gästehaus in der Sonne. Die Wiese dampfte und nur langsam trockneten die Pfützen. Gloria machte um jede einen großen Bogen, um ihre weißen Schuhe nicht schmutzig zu machen.

Nessa schnaubte. „Unser Mister Saubermann, der die Moral mit dem Löffel gefressen hat, hat ein Verhältnis mit der neuen Referendarin.“

„Mona heißt sie“, wusste Gloria sofort. „Mona Well. Vierundzwanzig Jahre.“

„Aber Saubermann ist doch verheiratet“, meinte Nessa.

„Getrennt von seiner Frau“, konnte Gloria auch darüber Auskunft geben.

„Ist es erlaubt, ein Verhältnis mit der Referendarin zu haben und mit ihr auf der Klassenfahrt zu turteln?“, überlegte Nessa laut.

„Für ihn gelten bestimmt andere Regeln als für uns“, lachte Vicky.

„He, da kommt ja unser kleiner Bobtail“, trällerte Gloria und deutete mit dem Kopf zum Eingang.

Der Menge nach mussten es drei Klassen sein, die das Landhaus gemeinsam verließen. Aaron und einige seiner Sportkumpel waren darunter, aber auch Cindy mit ihren Anhängerinnen ... und Marco.

„Scheint doch geklappt zu haben“, meinte Gloria.

„Was?“, fragte Vicky.

„Dein Marco. Aaron redet mit ihm.“

Tatsächlich waren die zwei in ein Gespräch vertieft. Aaron hörte Marco aufmerksam zu und nickte langsam. Marco unterstrich alles, was er sagte, mit großen Gesten. Was gesprochen wurde, konnten die Mädchen nicht verstehen, dafür standen sie zu weit entfernt.

Die große Schülergruppe wurde von Mona begleitet, die hautenge grüne Leggins trug und darüber eine lockere blaue Sweaterjacke. Ihr dunkelblondes, nicht sehr langes Haar hatte sie hinten frech zusammengebunden.

„Zusammenbleiben, alle zusammenbleiben“, rief sie und winkte. „Wir müssen uns etwas beeilen.“

Vicky lief los und gesellte sich zu Marco.

„Hi!“, grüßte sie ihn fröhlich.

Marco drehte sich überrascht zu ihr.

„Ha-hallo!“

„Und? Geht’s gut?“

„Ja! Und dir?“

Aaron schlug Marco kräftig auf den Rücken. „Deine Freundin?“

„Nein!“, antwortete Marco schnell.

„Ist besser, eine feste Freundin zu haben, wenn man Sport macht. Lisa ist bei jedem Spiel und jedem Wettkampf dabei. Sie entspannt mich“, tönte Aaron.

„Wer ist Lisa?“, fragte Vicky unnötigerweise. Sie wusste, dass es sich um Aarons Freundin handelte. „Ist das deine Oma? Oder euer Kindermädchen?“

Aaarons Zähne knirschten. „Bist du witzig, oder wie?“

„So wie du redest, kannst du unmöglich deine Freundin meinen“, entgegnete Vicky unschuldig.

„Halt dich da raus“, riet ihr Aaron.

„Macho!“, knurrte Vicky in Aarons Richtung.

„Emanze!“, gab er zurück und drehte sich dann weg. Marco ging sofort mit Aaron und versicherte ihm, Vicky kaum zu kennen. Sie sei nur seine Nachbarin.

Die beiden Jungen entfernten sich, Vicky blieb stehen.

„Da ... da wäre noch was“, sagte Marco.

Was es war, konnte Vicky nicht mehr hören. Der Bus fuhr mit viel Krach vor und die Türen öffneten sich zischend. Die Gruppe stieg ein. Mona stand an der Tür und zählte.

Als der Bus abgefahren war, wurde Vicky plötzlich und unerwartet von einem Schwall des Todeshauchs getroffen. Es war wie eine dichte Wolke, die sich über sie legte und ihr Nase und Mund verstopfte. Sie würgte. Um dem Gestank zu entkommen, ging sie ein paar Schritte. Dann rannte sie. Ihre Brust war ganz eng und ihre Lunge gierte nach Sauerstoff.

Der beißende Geruch flaute ab und Vicky sog ächzend die Luft ein.

Gloria und Nessa kamen angelaufen. Gloria griff Vicky stützend unter die Achseln. „Was hast du schon wieder?“

„Lady, langsam wird das bedenklich!“, meinte Nessa.

Vicky ließ sich auf einen steinernen Poller sinken. Kläglich sah sie zu ihren Freundinnen hoch.

„Ihr habt ja … keine Ahnung … was mit mir … alles los ist.“ Es war nicht ihre Art, sich zu beklagen oder zu jammern. Die Sache mit White, ihre Traurigkeit darüber, nie mit ihm zusammen sein zu können, und der Druck, Leben retten zu müssen, das alles lag tonnenschwer auf ihren Schultern.

„Warum sagst du es uns nicht einfach?“, fragte Gloria treuherzig.

Nessa gab ihr recht. „Wir sind noch nicht so gut im Gedankenlesen.“

Mutlos schüttelte Vicky den Kopf. „Es ist … ihr wisst schon … aber da ist noch mehr. Viel mehr.“

Fragend hoben beide Mädchen die Augenbrauen. Nessa zog zwei schwarze Haarsträhnen nach oben. „Antennen aufgestellt und auf Empfang geschaltet.“

Aber irgendetwas hielt Vicky zurück, Nessa und Gloria mehr zu sagen.

Mr Nieson und Mrs Merryfield, die Kunstlehrerin, kamen aus dem Gästehaus.

„Was macht ihr hier?“, rief Nieson sofort. „Der Treffpunkt ist die Halle. Ist das hier die Halle?“

Nessa knurrte aus dem Mundwinkel: „Kann den jemand abdrehen?“

Die Wahnsinnsengel brachen mit ihrer Klasse zu einem strammen Fußmarsch auf, der sie alle ins Schwitzen brachte. Der Weg führte oben an den Klippen entlang, bis zu einem weißen Leuchtturm. Dort wurden sie von einem verhutzelten Männchen mit gestreiftem Pulli und blauer Matrosenmütze begrüßt. In einem unverständlichen Singsang begann er, ihnen die Funktionen des Leuchtturms zu erklären. Vicky konnte ihn einfach nicht verstehen und schaltete ab. Ihr Blick wanderte hinaus auf das Meer, das sich wie ein weiter schwarzblauer Teppich unter den Klippen ausrollte. Die Wellen bildeten ein raues Muster und da und dort blitzte der Sonnenschein auf.

Drei Möwen drehten mit viel Gekreische eine Runde über ihren Köpfen. Das Männchen holte aus dem Haus neben dem Leuchtturm einen stinkenden Fisch und hielt ihn hoch. Eine der Möwen landete auf seinem Arm und holte sich den Leckerbissen. Er kicherte selig.

Vickys Gedanken wanderten zu Claire. Sie war eine Freundin, mit der sie über alles reden konnte. Claire verstand sie.

Aber wo war sie? Wie konnte Vicky sie wieder treffen?

Sie stellte sich Claire mit ihren dünnen Locken und dem bestickten weißen Baumwollkleid vor. Sie dachte, wie es wäre, hier oben auf den Klippen mit ihr zu gehen und zu reden. Einfach alles loswerden, was ihr so sehr auf der Seele brannte.

Nach einem tiefen Seufzer wandte sich Vicky wieder den anderen zu. Noch immer redete das Männchen mit seiner Fistelstimme. Einige kicherten bereits, andere zuckten ratlos mit den Schultern.

„Und Sie sind seit achtundfünfzig Jahren hier Leuchtturmwärter?“, fragte Mr Nieson.

Der Alte brach in Gekicher aus und nickte. Er öffnete seinen Mund, in dem nur noch wenige braune Zähne standen. Daher war er wohl auch so schwer zu verstehen.

Irgendwann war er mit seinem Vortrag fertig und lud alle ein, nach oben zum Signalfeuer des Leuchtturms zu steigen. Der Lichtkegel zeigte Schiffen an, wie nahe sie an die Küste herankommen konnten.

„Ihr könnt jetzt wählen", sagte Mrs Merryfield. „Nachdem ihr oben die Blinkanlage besichtigt habt, möchte ich, dass ihr den Leuchtturm zeichnet."

„Und die wichtigsten Fakten, die wir gehört haben, aufschreibt", ergänzte Mr Nieson.

„Oder aber ihr fotografiert ihn, wenn ihr eine Kamera dabei habt."

„Die Notizen bleiben euch trotzdem nicht erspart!"

Als sich alle zu der engen, steilen Wendeltreppe drängten, die nach oben führte, entdeckte Nessa ein schiefes Holzfach, aus dem Zettel ragten. Neugierig, wie sie war, zupfte sie einen heraus. Sie grinste frech und nahm noch zwei weitere Blätter mit.

Später dann, nachdem sie sich von Mrs Merryfield Zeichenpapier und Bleistift geholt hatten, bedeutete Nessa den Freundinnen mitzukommen.

In einiger Entfernung ließen sie sich auf einem quer auf der Wiese liegenden, keilförmigen Stein nebeneinander nieder. Nessa verteilte die Zettel, die sie aus dem Holzfach mitgenommen hatte.

KLIPPE-OST-5-LEUCHTTURM stand in alter Schreibmaschinenschrift darauf geschrieben. Es waren schlechte Fotokopien eines Informationstexts.

„Steht alles darauf, was wir wissen müssen“, sagte Nessa zufrieden. „Nennt mich Lady Smart!“

„Steht dir absolut zu“, gab ihr Vicky recht.

Sie begannen zu zeichnen.

Gloria radierte immer wieder und jammerte: „Bei mir sieht der Leuchtturm wie eine Gurke aus.“

„Tag, Mädels!“ Gabriel kam winkend auf sie zu.

„He, Mr Gesundheitsschuh“, raunte Nessa.

Gabriel trug wie immer vernünftige Schuhe, dazu schlecht sitzende Hosen und eine Brille mit dickem Rand. Äußerlichkeiten waren ihm unwichtig. Dafür war er ein Gehirnakrobat, wie Gloria ihn einmal genannt hatte.

„Kann endlich meine neue Kamera testen!“ Gabriel schwenkte einen kleinen Fotoapparat mit langem Objektiv. „Zehnfacher Zoom und nachttauglich. Habe ich aber noch nicht ausprobiert.“

„Nachttauglich?“, wiederholte Nessa erstaunt. „Was ist das?“

„Sehr lichtempfindlich. Man kann auch fotografieren, wenn es fast ganz dunkel ist.“

Vicky kam eine Idee. „Kannst du mir den Apparat leihen? Heute Abend und vielleicht auch morgen Abend?“

Gabriel zögerte. „Sie ist ganz neu und war teuer.“

„He, Vicky will sie nur ausleihen und nicht Baseball damit spielen“, knurrte Nessa.

Der dünne Gabriel zuckte sofort zusammen. „Na gut, wenn du auf sie aufpasst, kannst du sie haben. In der Nacht müssen wir ohnehin schlafen.“ Er lachte verlegen.

„Nicht alle“, sagte Vicky leise.

Antwort von den Hoagbergs

Nach dem Mittagessen fiel Vicky ein, dass sie nachsehen könnte, ob neue E-Mails gekommen waren. Vielleicht hatte sich ein Hoagberg gemeldet. Sie war enttäuscht, als sie nichts vorfand.

Weil sie kaum geschlafen hatte, legte sich Vicky im Zimmer ein wenig hin.

Cindy kam herein und sang laut und falsch. Sie hatte die Kopfhörer ihres iPods in den Ohren. Ohne auf Vicky Rücksicht zu nehmen, holte sie einen Parfumflakon aus der Tasche und begann, sich üppig einzunebeln.

Es war ein schwerer Duft, der die Geruchsnerven lähmte. Vicky sprang auf und öffnete das Fenster. Cindy beachtete sie nicht.

Zwei ihrer Anhängerinnen stürmten ins Zimmer.

„Hör dir das an, das macht sie sicher fertig!“, schnatterten sie. Sie hielten einen Mini-Laptop in der Hand, ein ähnliches Modell wie das von Gloria.

Gnädig nahm Cindy die Kopfhörer heraus.

„Was ist?“

„Wir haben ihnen wieder was geschickt“, verkündete eine der Kletten. Sie besaß bestimmt die längsten Beine, die Vicky jemals gesehen hatte.

„Lass hören, Schätzchen!“ Cindy neigte sich zu ihr.

Schätzchen las vor: „He, ihr doofen Engel, es reicht. Wir wissen jetzt, wer ihr seid. Wir haben den Beweis und werden Mr Nieson alles sagen. Heute um sechs am Abend gehen wir zu ihm. Es wird eine Freude, wenn er euch zerlegt und ihr von der Schule fliegt. Ihr seid ja sogar zu blöd, um unerkannt zu bleiben."

Cindy verzog ihr Gesicht zu einem säuerlichen Lächeln. „Gib ihnen Pfeffer."

Die zweite Klette, wesentlich kleiner und sehr hibbelig, sagte mit hoher Stimme: „Es war meine Idee, Cindy. Ich hab Laura das diktiert!"

„Na, na, na, wer wird sich denn so vordrängeln, Betty?", kam es tadelnd von Cindy.

„Weil ich will, dass du weißt, dass die Mail von mir war!", erklärte Betty trotzig.

Vicky wurde von keiner der dreien auch nur wahrgenommen. Sie verschränkte die Arme hinter dem Kopf und verfolgte alles, was da ablief.

„Die Engel werden sicher versuchen, etwas dagegen zu unternehmen", war Laura überzeugt.

Betty schob sie mit den Ellenbogen weg. „Das war meine Absicht. Genau."

„Diese blöden Tussen!", schimpfte Cindy.

„Die kriegen wir klein", kicherte Laura teuflisch.

Streberhaft murmelte Betty: „Meine Taktik geht garantiert auf."

An diesem Tag war ihr noch nicht oft nach Lachen zumute gewesen. Nun aber lächelte Vicky still in sich hinein und amüsierte sich königlich.

Cindy wechselte schnell ihr Top und ihre Schuhe, die natürlich farblich perfekt zusammenpassten. Absichtlich ließ sie das verschwitzte T-Shirt auf Vicky fallen.

„Ups“, sagte sie geziert. „Das tut mir aber leid.“

Vicky war zu gut aufgelegt, um sich darüber zu ärgern.

Nachdem Cindy und ihre Fans verschwunden waren, ging sie zu Gloria, um den fiesen Eintrag von der Seite der *Wahnsinnsengel* zu löschen. Gloria würde sich sonst Sorgen machen.

Natürlich nutzte sie die Gelegenheit, um E-Mails abzufragen.

Weiterhin keine Rückmeldungen von den Hoagbergs.

Am Abend erließ Mr Nieson Vicky die Strafarbeit und sie durfte zum Squaredance in einer nahen Scheune mitgehen. Dort wurde der Tanz von einigen Männern und Frauen vorgeführt.

Die Musik kam von einer Band, die aus zwei verrückten Fiedlern, einem dünnen Mann am Kontrabass und einem dicken am Banjo bestand.

Die Schülerinnen und Schüler mussten sich in einem Quadrat aufstellen. Ein Mann erklärte ihnen, wie sie sich bewegen sollten.

Zwei Reihen tanzten jeweils aufeinander zu und wieder auseinander. Dann ging es diagonal, danach im Kreis. Jeder Junge sollte ein Mädchen finden und sich mit ihr durch den Saal drehen.

Oft endete der Tanz in einem heillosen Durcheinander und mit viel Gelächter. Immer wilder ließen Musik und Ansager die Schülerinnen und Schüler tanzen.

Alles in allem war es ein ausgelassener Abend, der allen Spaß machte.

Um zehn Uhr brachten die Busse sie in das Gästehaus zurück und halb elf Uhr war Nachtruhe angesagt.

Als nichts mehr zu hören war und die anderen in ihrem Zimmer zu schlafen schienen, stahl sich Vicky davon. Ihr erster Weg führte sie zu Gloria und dem Mini-Laptop.

Keine E-Mail.

Da sie vielleicht eine Weile warten musste, nahm sie das kleine Gerät mit. Sie hockte sich damit in den Schrank auf dem Flur, in dem die Bettwäsche aufbewahrt wurde. Vicky saß also weich und bequem. Durch einen Spalt konnte sie die Treppe sehen.

Sie hoffte sehr, dass der verliebte Mr Nieson wieder in trauter Zweisamkeit mit Mona vorbeikommen würde.

Doch Vickys Wunsch erfüllte sich nicht. Bald gähnte sie und kämpfte gegen den Schlaf. Immer wieder klappte sie das kleine Gerät auf und drückte auf die Empfangstaste für E-Mails.

Pling!

Sie starrte auf den Bildschirm.

Eine Antwort der Hoagbergs. Der Hoagbergs aus Papua-Neuguinea. Ihre Hände zitterten, als sie die Mail öffnete.

Liebe Vicky,

mein Name ist Bernice und ich bin die Pflegerin von Irene und Albert Hoagberg. Deine Grüße und Wünsche habe ich ihnen ausgerichtet. Sie haben sich sehr gefreut. Leider geht es Irene nicht mehr sehr gut mit ihrem Herz und Albert ist seit einem Sturz ans Bett gefesselt.

Deine Frage nach Bryan kommt sehr überraschend. Ich weiß nur durch Zufall von ihm und diesen ent-

setzlichen Vorfällen. Wie hast du davon erfahren? Ich bitte dich, mir die näheren Umstände zu schildern.
Mit freundlichen Grüßen,
Bernice Fleming

Was sollte sie antworten? Vickys Hände zitterten vor Aufregung. Sie zupfte an ihren Haaren und wischte sich über das Gesicht. Es war feucht, weil sie auf einmal schwitzte. Sie musste die Schranktür etwas weiter öffnen. Die kühle Luft, die hereinkam, tat gut.

Es gab ihn. Oder es hatte ihn gegeben. Aber die Worte aus Bernices Brief klangen nicht gut.

War dieser Bryan White? War White mit Ireen und Albert verwandt gewesen?

Was war damals geschehen? Wieso schrieb Bernice es nicht einfach?

Und was musste Vicky schreiben, um mehr zu erfahren? Sehr langsam begann sie zu tippen:

Liebe Bernice,
danke vielmals für Ihre Antwort, die mir viel bedeutet. Ich habe von Bryan auf einem sehr seltsamen Weg erfahren. Nun hängt für mich einiges davon ab, mehr über ihn zu wissen. Auch wenn es ein wenig komisch klingt.

Sie überlegte, ob sie flunkern durfte. Diese außergewöhnlichen Umstände erlaubten es doch. Also schrieb sie weiter:

Bryan hat auf eine sehr ungewöhnliche Art mein Leben gestreift. Es sind andere beteiligt und ich weiß nicht, was ich von ihnen halten soll. Deshalb meine Neugier.
Bitte, entschuldigen Sie, dass ich so sehr dränge, aber ich brauche bald eine Nachricht.
Bryan hat dunkle Augen und sehr glattes Haar. Er ist schlank mit athletischer Figur und er steht immer auf ein Bein gestützt. Sein Lächeln hat etwas, das jeden in seinen Bann schlägt. Er kann aber auch sehr nachdenklich und sehr ernst sein.
Könnte das Ihr Bryan sein?
Bitte, melden Sie sich so schnell wie möglich.
Dafür wäre ich sehr dankbar!
Vicky

Nachdem Vicky die Zeilen noch einmal überflogen hatte, schickte sie die E-Mail ab. Sofort danach fühlte sie sich schlecht. Es war falsch gewesen. Bernice würde sie für verrückt halten und bestimmt niemals antworten.

Im Stillen schimpfte sie mit sich selbst.

Draußen kicherte jemand. Eine Männerstimme redete tief und halb lachend. Dann zischte jemand: „Pssst!“

Das waren sie!

Vicky hatte sich von Gabriel den Fotoapparat genau erklären lassen und alles war bereits eingestellt. Sie richtete das lange Objekiv auf die Treppe und sah auf den kleinen Bildschirm an der Rückseite der Kamera.

Es war wie ein Wunder. Obwohl im Gang nur dieses Schummerlicht war, waren die zwei, die da die Treppe heraufwankten, genau zu erkennen. Mr Nieson und Mona, eng umschlungen.

Vicky betätigte den Auslöser. Ein leises Klicken, das aber niemanden aufschreckte. Vicky machte ein Foto nach dem anderen.

Mr Nieson küsste Mona. Doch es kam noch besser. Die beiden blieben vor einem gerahmten Bild stehen, das den Leuchtturm von Broadgate zeigte und küssten sich wie verliebte Teenager. Auch diesen Moment hielt Vicky fest.

Danach kamen Mr Nieson und Mona in die Richtung, in der der Schrank stand. Vicky zuckte zurück und hielt den Atem an.

Mr Nieson drückte die Schranktür zu.

„So unordentlich“, sagte er kopfschüttelnd.

„Sei nicht so pingelig, Philipp“, meinte Mona.

Aber Mr Nieson drehte sogar noch den Schlüssel um und sperrte ab. Danach entfernten sich die zwei. Kichernd.

Vicky saß im Dunkeln.

ANDERS SEIN

Wenn sie etwas nicht ausstehen konnte, dann eingesperrt zu sein. Vicky musste all ihre Beherrschung aufbringen, um nicht sofort um sich zu schlagen. Sie wollte raus! Sie hatte das Gefühl, die Holzwände des Schrankes würden sie erdrücken.

Bleib ruhig, bleib ruhig, redete sie sich zu. Sie musste warten, bis Mr Nieson und Mona in ihren Zimmern waren. Oder in einem Zimmer zumindest. Der Fotoapparat in der Hand tröstete sie ein wenig. Die Bilder waren nicht mit Gold aufzuwiegen.

Vicky zählte ihre Atemzüge. Als sie bei dreißig angekommen war, hatte sie einen Schweißausbruch und das Gefühl, allen Sauerstoff im Schrank verbraucht zu haben. Sie drückte mit den Händen von innen gegen die Tür. Das Holz krachte ein wenig, bewegte sich aber kaum.

Dann nahm Vicky auch noch die Füße zu Hilfe und stemmte sich dagegen. Zuerst gegen die eine Tür, dann versuchte sie es bei der anderen. Schließlich wählte sie die Mitte und hoffte, es wäre der schwächste Punkt.

Doch das Schloss musste aus Stahl sein und der Riegel breit und stark.

Ihr war ganz schlecht. Wahrscheinlich vor Aufregung. Durch die Ritzen im Holz sollte doch genug Luft kommen.

Wie kam sie nur aus dieser Falle raus, in die sie sich selbst gesetzt hatte?

Es gab einen Weg.

Einen einzigen. Wenn sie ihn wählte, blieb die Frage, wie sie wieder zurückkam.

Sie musste jemandem helfen. Aber wem? Und wie? Es musste schließlich auch gelingen, weil sie sonst unsichtbar blieb. Nicht auszudenken, was das bedeutete.

Obwohl sie schwer atmete und zitterte, schaffte Vicky es, den Mini-Computer zu öffnen. Sie rief die Seite der *Wahnsinnsengel* auf. Brauchte jemand in der Nähe Hilfe?

Vickys Augen entdeckten einen kurzen Namen mit nur drei Buchstaben: Liz.

War das die Liz aus ihrem Zimmer? Sie öffnete die Zuschrift und war bereits nach den ersten Sätzen überzeugt, dass es sich um genau diese Liz handeln musste.

Liebe Wahnsinnsengel,
ich bin ein Mädchen, das keiner ansieht. Auf der Klassenfahrt hatten wir so einen Tanz. Ich habe fast die ganze Zeit am Rand gesessen. Mich mag einfach keiner. Oder kennt ihr jemanden, der mich vielleicht mag?
Liz

Die Arme. Vicky war nicht aufgefallen, WIE unglücklich ihre Zimmergenossin war. Vielleicht konnte sie ihr wirklich helfen. Versuchen musste sie es auf jeden Fall.

Vicky schloss die Augen und stellte sich einen ganz bestimmten Mitschüler vor. Sie dachte an seine scheußliche Brille mit dem viel zu dicken Gestell, die er um diese Tageszeit bestimmt abgelegt hatte.

Vicky fühlte, wie sie leichter wurde. Ihre verdrehten Beine schmerzten nicht mehr und sie konnte sie ausstrecken, durch das Holz der Schranktüren. Sie rutschte vom Wäschestapel runter hinaus auf den Flur. Sie drehte sich zum Schrank zurück und betrachtete kurz die dicken Türen und den altmodischen, großen Schlüssel. Kamera und Computer lagen noch drinnen. Sie durfte später nicht vergessen, sie wieder zu holen.

Wie von unsichtbaren Kräften gezogen, bewegte sie sich in ein Zimmer mit drei Etagenbetten.

Gabriel lag im hintersten Bett unten, eingerollt wie ein Baby, den Daumen gefährlich nahe am Mund. Seine dicke Brille lag, wie Vicky vermutete hatte, neben ihm auf einem kleinen Hocker. Dort hatte er auch andere Sachen abgelegt. Einen Reiseführer der Gegend, die Unterlagen von Mr Nieson, einen Mini-Drucker und seine Uhr.

Wie konnte Vicky Liz und ihn zusammenbringen? Was gab es da für Möglichkeiten?

Unter dem Reiseführer guckte ein Handy hervor. Vicky fixierte es fest mit beiden Augen und befahl ihm, seine Nummer zu zeigen. Sie musste den Befehl mehrere Male wiederholen, bis die Anzeige aufleuchtete. Die Telefonnummer schrieb sich von allein, Ziffer für Ziffer. Weil Vicky nichts aufschreiben konnte, prägte sie sich die Nummer ein.

Danach flog sie durch die Mauern hindurch zum anderen Ende des Flurs in ihr eigenes Zimmer. Es kratzte ein wenig, als sie die Wände durchdrang.

Liz schlief unruhig, wie schon in der vorigen Nacht. Sie schien schlimme Träume zu haben.

Vicky kroch unter ihr Bett und steckte den Kopf durch das Plastik des abgeschabten Hartschalenkoffers.

Liz' Handy lag drinnen. Ein grünes Lämpchen blinkte von Zeit zu Zeit. Das Gerät war eingeschaltet.

Ausgezeichnet.

Vicky versuchte, mit ihren Gedanken eine neue Kurzmitteilung zu öffnen. Sie bekam Kopfschmerzen, so sehr musste sie sich anstrengen.

Doch es klappte. Als Nächstes gab Vicky per Gedankenkraft Gabriels Nummer ein.

Ihre Augen fühlten sich an, als würden sie bald platzen.

Nun kam das Schreiben des Textes. Nach kurzem Nachdenken entschied sich Vicky für:

Du bist anders. Wie ich. Es gibt hier so viel Interessantes. Aber die anderen wollen es nicht sehen. Ich schon. Du auch? Bitte, melde dich. Liz.

Vicky schaffte es kaum noch, die Sendetaste zu betätigen. Ihr Gesicht brannte wie Feuer und die Übelkeit steigerte sich.

Keuchend zog Vicky den Kopf wieder aus dem Koffer. Sie richtete sich auf und tastete ihre Arme ab. Müsste sie nicht wieder menschlich werden? Sie hatte die beiden doch zusammengebracht.

Oder nicht? Noch hatte Gabriel nicht reagiert.

Konnte sie ihn wecken? Würde er noch in der Nacht eine SMS schreiben?

Versuchen musste sie es, sonst müsste sie bis zum Morgen so bleiben, wie sie jetzt war.

Wie eine Gazelle sprang sie durch die geschlossene Tür zurück auf den Gang.

Aus einem Zimmer taumelte schlaftrunken ein Junge in Boxershorts und tappte Richtung Toilette.

Von der Treppe kam jemand, mit dem Vicky nicht gerechnet hatte. Ihr Herz machte einen Sprung, fast wie sie selbst eben.

„Claire!“, rief sie leise.

Der Engel drehte sich mit einem Ruck zu ihr um.

War sie erschrocken?

Nervös strich sie sich eine Locke aus der Stirn und hinter die Ohren.

„Hallo Vicky …“, sagte sie leise.

Sie war anders gekleidet. Das geblümte Kleid hatte sie gegen enge Hosen aus glänzendem Stoff getauscht und darüber trug sie ein schwarzes Top und eine weite weiße Bluse.

„Du hast es gespürt, nicht wahr?“, fragte Vicky.

Claire lächelte. Es schien, als wäre sie verlegen, aber Vicky konnte sich auch täuschen.

„Gespürt?“, wiederholte sie gedehnt.

„Dass ich mit dir reden möchte.“

„Ja!“ Claire nickte. „Oh ja, das habe ich gespürt. Und wie.“

Vicky deutete auf ihre neue Kleidung. „Woher bekommt ihr das? Haben Engel Läden?“

„Nein, bei uns ist das anders.“ Mehr verriet Claire nicht.

„Ich freue mich so, dass du hier bist!“ Vicky lief auf Claire zu und umarmte sie. „Du bist doch wirklich meine Freundin?“

„Natürlich. Das habe ich dir doch bewiesen“, flüsterte Claire ihr ins Ohr.

„Wollen wir hinaus? Ich halte es hier drinnen einfach nicht mehr aus."

Nebeneinander stiegen sie in die Höhe und schwebten durch das Dachgebälk bis auf das steile Giebeldach mit den vielen Schornsteinen, Türmchen und Erkern hinauf. Wie auch bei ihrem ersten langen Gespräch setzten sie sich dort oben hin.

Es war eine wolkenlose Nacht. Der Mond stand fast voll am Himmel. Von hier konnte Vicky bis zum Meer sehen, in dem sich das Mondlicht spiegelte. Es wirkte jetzt mehr wie Silberstaub, nicht wie die tanzenden Diamanten der Sonnenstrahlen.

„Was ist mit dir?", erkundigte sich Claire sanft. Sie stützte das Kinn auf ihre Fingerspitzen und sah Vicky von der Seite an.

Vicky begann, wild durcheinanderzuerzählen. Was ihr gerade einfiel, musste sie loswerden. Claire war dafür die beste Gesprächspartnerin.

„Er war da. Er hatte einen Körper. Wie ich. Und seine Füße hielten den Regen ab!", erzählte sie aufgeregt.

Claire antwortete lange nichts. Das machte Vicky ganz unruhig.

„Was ist? Ist etwas nicht in Ordnung? Sag es mir!", verlangte sie.

„Vicky … er wird sich jemanden holen. Er ist in der Nähe, weil er weiß, dass es bald soweit ist."

„Nein." Was Claire sagte, fühlte sich für Vicky an wie ein glühender Stich ins Herz.

„Doch. Es ist so. Ich weiß es." Claire wandte sich ihr zu. „Und du kannst es nicht verhindern."

„Aber das muss ich. Um Azrael und mich zu retten. Ich muss es verhindern."

Langsam schüttelte Claire den Kopf. „Das ist unmöglich. Er ist viel stärker als du. Er spielt mit dir. Er weiß, wie du reagieren wirst, weil du ihm so nahegekommen bist. Es ist nur ein Spiel für ihn. Ein kleiner Wettkampf gegen Azrael."

„Ein Wettkampf auf Kosten eines Menschenlebens?" Vicky war fassungslos. „Ich weiß, wen er holen will. Aaron. Es ist Aaron. Er will von den Klippen springen. Nicht wahr?"

„Ich kann es dir nicht sagen, weil ich es nicht weiß."

„Ich werde Tag und Nacht bei Aaron bleiben. Bis wir zurück sind. Ich kann ihn retten und ich werde es schaffen. White wird nicht ...", Vicky schluckte, „... gewinnen." Das auszusprechen fiel ihr schwer.

„Du musst lernen, ihn zu hassen. So baust du eine Mauer um dich auf, die er nicht durchdringen kann. Du wirst sie in Zukunft brauchen. Unternimm nichts, aber denk an meine Worte. Ich sage es dir als deine wahre Freundin. Hasse ihn!"

Vicky hörte es, wollte es aber weder glauben noch tun.

„Du musst zurück. Du musst zu den anderen", erinnerte Claire sie.

„Ich kann nicht. Ich war noch nicht erfolgreich", sagte Vicky, hob die Hände und ließ sie wieder sinken.

„Soll ich dir helfen? Ich kann das."

„Werde ich dann wieder Mensch? Trotzdem? Obwohl ich es nicht allein geschafft habe?"

„So ist es."

Vicky erschien die Nacht auf einmal trüb und düster. Sie wollte nicht länger auf dem Dach bleiben. Weder der Mond noch sein silberner Schimmer auf dem Meer konnten sie erfreuen.

Zusammen mit Claire kehrte sie in die Etage zurück, auf der sich die Schlafzimmer befanden. Sie gingen zu Gabriel, der noch immer eingerollt auf seinem Bett lag. Vicky sah, dass die Anzeige seines Handys leuchtete. Die SMS war eingetroffen.

Claire lächelte. Es war dieses leichte, fröhliche Lächeln.

„Wir müssen etwas nachhelfen“, sagte sie vertraulich zu Vicky. Dann begann sie, wie Vicky vorhin, das Handy mit Gedankenkraft zu betätigen. Sie antwortete Liz auf eine Nachricht, die diese nie geschrieben hatte.

Wir sind eben anders. Na und? Wir sollten reden. Es gibt so viel, was man von hier wissen muss. Bitte, komm heute und sag Hallo. Gabriel.

Bevor sie die SMS abschickte, riet Claire Vicky, schon mal nach draußen zu gehen. Der Grund dafür war, dass Vicky sofort nach dem Senden wieder menschlich werden würde.

„Bitte, komm bald wieder. Gib mir ein Zeichen, damit ich mit dir reden kann. Ich habe hier sonst niemanden“, sagte Vicky.

„Bestimmt!“ Claire nickte. Vicky winkte ihr noch einmal zu und schwebte nach draußen. Sie befand sich direkt über dem Teppich des Flurs, als die Schwerkraft sie nach unten zog.

Tief atmete sie ein und aus. Einen Moment lang musste

sie sich wieder an ihre menschliche Gestalt gewöhnen. Dabei ging ihr ein seltsamer Gedanke durch den Kopf. Es war eigentlich mehr ein vages Gefühl.

Claire hatte wie ertappt gewirkt, als Vicky sie die Treppe hochkommen sah. Sie war verlegen gewesen.

War sie gar nicht wegen Vicky hier?

Aber warum dann?

Vicky wurde unruhig. Sie hatte das Gefühl, irgendwo würde irgendwas lauern. Eine Gefahr. Eine Bedrohung. Etwas, was sie nicht benennen konnte.

Sie schüttelte sich wie ein nasser Hund. Später würde sie weiter nachdenken. Jetzt gab es anderes zu tun.

Auf Zehenspitzen huschte Vicky zum Schrank und holte Laptop und Kamera heraus. Sie musste sich unbedingt die Fotos ansehen. Ihre Hände zitterten, bis es ihr endlich gelang.

Besser hätte sie den Lehrer nicht erwischen können. Die Bilder mussten nur noch auf Glorias Computer geladen werden. Gabriel besaß bestimmt das passende Kabel dafür. Dann würde Vicky Mr Nieson beweisen, was wirklich in den *Wilden Wahnsinnsengeln* steckte.

Bevor sie in ihr Zimmer zurückkehrte, schaltete sie noch einmal den Laptop ein. Sofort baute sich eine Verbindung zum Internet auf. Sie klickte auf das Abrufen der E-Mails.

Antwort von den Hoagbergs.

Es waren aber die Hoagbergs aus den U.S.A. Sie teilten Vicky ihre Verwunderung über die E-Mail mit und dass es einen Bryan Hoagberg gäbe. Er sei dreiundzwanzig Jahre alt und ihr Neffe.

Also konnte er nicht White sein.

Vicky schloss die Nachricht. Enttäuscht. Dann öffnete sie die nächste.

Wieder von den Hoagbergs. Diesmal von den anderen. Den „richtigen".

Bernice schrieb:

Es scheint, als wäre alles, was mit Bryan in Verbindung steht, rätselhaft und unerklärlich. Ich selbst weiß davon nur durch einen Zufall. Die Hoagbergs haben in ihrem Haus ein Ölportrait hängen, das einen jungen Mann zeigt. Er entspricht deiner Beschreibung und sein Name war Bryan.
Albert hat mir einmal von Bryan erzählt. Er war erst neunzehn Jahre alt, als er starb.
Es konnte nie geklärt werden, ob Bryan an den grauenvollen Vorfällen wirklich beteiligt war. Fünf Menschen wurden damals beraubt und getötet.
Bryan wurde erst einen Monat später gefunden. Tot. Im Meer ertrunken. In seiner Tasche fanden sich mehrere gestohlene Schmuckstücke. Für die Menschen dort war er der Dieb und Mörder, der dann selbst verunglückt war.
Das alles hat sich in England zugetragen. In Hastings. Die Familie konnte die Schande nicht ertragen und verließ das Land. So sind die Hoagbergs zuerst nach San Francisco gekommen. Alberts Vater zog dann aus beruflichen Gründen nach Papua-Neuguinea.
Angeblich gab es ein Mädchen, das Bryan sehr geliebt hat. Sie ist vor Kummer über den Verdacht und

seinen Tod fortgegangen. Ein Jahr später soll auch sie gestorben sein.

Vicky musste kurz aufhören zu lesen. Es war etwas viel und nicht so einfach zu verdauen, was sie da von Bernice erfuhr.

White war ein Mörder.

Jedenfalls wurde er verdächtigt, einer zu sein.

Ihre Neugier überwog und so las Vicky weiter.

Etwas Wichtiges habe ich noch vergessen. Bryan wurde im Jahr 1788 geboren und starb 1807.

Es wurde immer unglaublicher, immer unfassbarer und rätselhafter. Gleichzeitig aber auch immer unheimlicher.

White hatte vor mehr als 200 Jahren gelebt.

200 Jahre war er schon der Todesengel. War das die Strafe für seine Taten?

Sein junges Gesicht und sein athletischer Körper gaben keinen Hinweis auf sein tatsächliches Alter. Wahrscheinlich hatten Engel kein Alter. Sie existierten einfach und alterten nicht.

Bernices E-Mail endete mit den Worten:

Es interessiert mich sehr, wie du von ihm erfahren hast.

Lebst du in der Gegend? Gibt es Aufzeichnungen?

Es grüßt, Bernice

Vicky hatte um diese Auskunft gebeten. Nun hatte sie

alles erfahren. Aber was sollte sie damit anfangen? Es verwirrte sie nur noch mehr.

Oder nicht?

Nachdem Vicky Kamera und Laptop in ihrer Tasche verstaut hatte, schlüpfte sie endlich unter die Decke und legte sich zurück. Ihr Kopf hatte kaum den Kissenbezug berührt, als sie auch schon eingeschlafen war.

Wilde Wahnsinnsengel unschlagbar

„Wir müssen uns beeilen“, trieb Vicky ihre beiden Freundinnen an.

„Wieso so eilig?“, fragte Nessa.

„Weil ich ... weil wir doch ... diese Abschlussarbeit machen müssen.“

Nessa musterte Vicky stirnrunzelnd. „Lady, Lady, was ist nur mit dir los?“

„Später!“, vertröstete Vicky sie.

Es klopfte und Gloria öffnete die Tür. Draußen stand Gabriel. Unruhig trat er von einem Fuß auf den anderen.

„Hier!“ Er hielt ein Kabel ins Zimmer. Gloria starrte es an, als wäre es eine Giftschlange. Schnell stand Vicky vom Bett auf und nahm Gabriel das Kabel ab.

„Danke! Und jetzt muss ich die Kamera nur mit dem Computer verbinden?“

„Ja, einfach anstecken, dann erscheint die Kamera als zusätzliche Festplatte und du kannst die Fotos sofort herunterladen.“

„Absolut bestens.“ Vicky spielte mit den Steckern an beiden Enden.

„Dann will ich meinen Fotoapparat aber zurück“, erklärte Gabriel.

„Klar, bekommst ihn sofort, wenn ich fertig bin.“

„Äh ... also, dann geh ich jetzt spazieren.“

Vicky deutete auf das Fenster, durch das die Sonne strahlte. Der Sommer war zurückgekehrt, heißer als zuvor.

„Toller Tag dafür. Wo gehst du denn hin? Oder einfach nur so …?

Gabriel errötete. „Äh … ich … also … kennst du Liz?"

Vicky nickte. „Wir sind im selben Zimmer. Nettes Mädchen. Sehr intelligent."

Über diese Beschreibung schien Gabriel erleichtert. „Ja, intelligent. Anders als die anderen Mädchen hier."

Von drinnen tönte Nessa: „Klar, wir anderen sind alle Doofköpfe."

Sofort wurde Gabriel noch röter. „Das wollte ich so nicht sagen."

„Absolut klar, was du meinst", beruhigte ihn Vicky.

„Sie … sie wollte mit mir sprechen. Beim Frühstück. Und jetzt gehen wir spazieren und suchen ein paar Plätze, die in unseren Reiseführern stehen. Wir wollen nichts versäumen, was man sich ansehen kann."

Gloria tat so, als müsse sie gähnen. Zum Glück konnte nur Vicky sie aus den Augenwinkeln sehen. Für Gabriel war sie durch die halb offene Tür verdeckt.

„Ich gehe jetzt!", kündigte er an, wippte verlegen und ging dann in seinem watschelnden Gang davon. Vicky erinnerte er manchmal an einen dieser Vögel, die über den Rasen stolzieren und dabei immer mit dem Kopf wackeln.

Sie schloss die Tür wieder und kehrte zu den Freundinnen, dem Mini-Laptop und der Kamera zurück. „An die Arbeit!"

„Wie stellst du dir das genau vor?", wollte Gloria wissen. Sie verstand Vickys Plan noch immer nicht ganz.

Als Vicky es geschafft hatte, die verschiedenen Anschlüsse an Kamera und Computer zu finden, speicherte sie die Aufnahmen von Mr Nieson und Mona auf Glorias Laptop. Nachdem sie sicher war, dass es geklappt hatte, löschte sie die Bilder von Gabriels Fotoapparat.

Sie wollte ihn nicht in Schwierigkeiten bringen, falls Mr Nieson auf die Idee einer „Kamerakontrolle“ kam. Zuzutrauen war es ihm.

Nessa grunzte vor Lachen, als sie die schmusenden Lehrer auf den Fotos sah. Gloria kicherte hinter vorgehaltener Hand.

Als Nächstes öffnete Vicky den Teil der *Wilden Wahnsinnsengel*-Webpage, zu dem nur sie drei Zutritt hatten, weil sie den langen und komplizierten Code kannten. Es dauerte ein wenig, bis sie endlich fand, was sie suchte.

Das Bild auf dem Computer versetzte ihr einen Stich. Es war die dunkle Statue von Azrael im Park, als sie noch heil gewesen war.

Wie im Lauf eingefroren stand er da, eine Hand über dem Kopf erhoben. Große, elegant geschwungene Engelsflügel wuchsen aus seinen Schulterblättern.

Vicky wurde ein bisschen wehmütig. Für einen Moment hatte sie das Gefühl, in die Vergangenheit zurückversetzt worden zu sein.

Nessa stieß sie in die Seite. „Noch immer verknallt in ihn?“ Sie zeigte auf Azrael.

„Anders“, sagte Vicky nach einer kleinen Pause. „Damals war alles noch so … unbekümmert.“

„Was? Du meinst, als er noch stand?“

Vicky nickte.

Darüber konnte Nessa nur lachen. „He, Lady Kitsch, damals hattest du nur Zoff mit Isabella und deinem Vater. Schon vergessen?“

Sie musste Nessa recht geben. Manches hatte sich verbessert. Aber ihr Leben was komplizierter geworden.

Doch jetzt war keine Zeit, darüber nachzudenken.

„Welches Bild ist das peinlichste von Nieson?“, wollte sie von Nessa und Gloria wissen.

Die beiden diskutierten ein bisschen und entschieden sich dann für ein Foto, auf dem Mr Nieson und Mona aussahen, als wären sie an den Lippen zusammengewachsen. Es war wirklich sehr eindeutig. Außerdem war das Bild des Leuchtturms im Hintergrund zu sehen.

Mit der Maus schob Vicky das Foto an die Stelle, an der sonst Azrael zu sehen war. Unter dem Schriftzug der *Wilden Wahnsinnsengel* prangte nun also ihr Lehrer mit der neuen Lehrerin.

Die Unterschrift lautete:

Mag er mich?
Findet sie mich cool?
Hol ich mir eine Abfuhr oder einen Kuss?
Wir finden es raus und flüstern es dir!

Vicky löschte sie und tippte. Gloria las laut mit: „*Wilde Wahnsinnsengel* unschlagbar. Sogar Lehrer bitten uns um Hilfe! Wir sind für alle da. Jederzeit!“

Nessa lachte so heftig, dass sie sich verschluckte. Gloria musste ihr kräftig auf den Rücken schlagen.

Ein Klick genügte und die neue Startseite war online.

Gloria zappelte auf dem Bett herum wie Sally, wenn Vicky ihr eine Überraschung angekündigt hatte.

„Und wie weiter?“, fragte sie mit hoher Stimme.

„Nieson muss auf unsere Page gehen“, grunzte Nessa.

Genau das hatte Vicky geplant. Sie wusste auch wie und wählte eine Internetseite an, von der SMS verschickt werden konnten. Der Absender lautete: SUNRAY. Kein Name, keine verräterische Telefonnummer.

Mr Nieson hatte ein Schulhandy, über das ihn die Eltern seiner Schüler erreichen konnten. Die Nummer stand auf einem Informationsblatt der Schule. Gloria rief Sigfrid an, der ihr die Nummer aus dem Arbeitszimmer ihrer Mutter besorgte.

„Jiiipiiieee!“, quiekte Gloria glücklich ins Telefon: „Danke, du bist der Allerbeste. Und kümmer dich gut um sie.“ Gloria legte auf.

„Madonna ist wieder zu Hause“, erklärte sie fröhlich.

„Genug jetzt! Deine Rockstar-Ratten müssen noch etwas warten. Wir müssen die *Wilden Wahnsinnsengel* retten und uns um Nieson kümmern“, trieb Vicky Gloria und Nessa an.

Schließlich schickte sie Mr Nieson eine Nachricht über SUNRAY:

> Herzliche Einladung: Kommen Sie auf wildewahnsinnsengl.com! Wir wollen Liebe und Frieden, sonst nichts. Wenn Sie damit einverstanden sind, schicken Sie uns eine kurze Nachricht über unsere Homepage. Wenn Ihnen das neue Design unserer Seite nicht gefällt, tauschen wir es gern wieder aus.

Gloria kaute an allen Fingernägeln gleichzeitig.

„Das haut ihn aus den Socken“, freute sich Nessa, die sich genüsslich die Hände rieb.

Nachdem Vicky die Nachricht noch ein letztes Mal durchgelesen hatte, drückte sie auf Senden. Ein sonnengelber Balken lief von einer Seite auf die andere.

Pling! Gesendet!

Das wäre erledigt, dachte sie. Nun zu Aaron. Es beruhigte sie ein wenig, dass der Todesgestank bisher ausgeblieben war. Allerdings war er in den letzten Tagen immer plötzlich, unerwartet und mit enormer Heftigkeit gekommen. Sie musste gewappnet sein.

„Machen wir unseren Bericht gemeinsam fertig?“, fragte Gloria.

Nessa war sofort einverstanden. Vicky versprach nachzukommen. Sie brachte die Kamera in Gabriels Zimmer zurück und legte sie neben sein Bett. Danach holte sie ihre Unterlagen und ging noch einmal den Flur auf und ab. Sie wusste leider nicht, in welchem Zimmer Aaron schlief.

Im ersten Stock war es sehr ruhig. Vicky warf einen Blick auf ihre Uhr. Fast zehn Uhr. Sie stieg die Treppe hinunter und betrat den großen Speisesaal. Der Geruch von altem Essen und angebranntem Öl hing über den Tischen. Die Plastiktischdecken waren klebrig.

Die meisten Mädchen und Jungen hatten trotzdem ihre Sachen darauf ausgebreitet. Bis zum Mittagessen sollten alle Aufgaben, die die Lehrer gestellt hatten, fertig sein. Da jeder etwas andere Fragen zu beantworten hatte, konnte keiner vom anderen abschreiben. Einander zu helfen war aber hochoffiziell erlaubt.

Aaron war da. Er saß an einem Tisch nahe der Wand, den Kopf in die Hand gestützt. Gelangweilt schrieb er auf ein Blatt. Bei ihm waren ein paar der anderen aus dem Footballteam und Marco.

Das freute Vicky irgendwie. Bestimmt fühlte er sich jetzt wohler und hatte bessere Laune.

Während sie ihn ansah, tauchte Gloria neben ihr auf.

„Willst du hier ein Blümchen werden?“, fragte sie.

„Was ist an Marco anders?“, wollte Vicky wissen.

Gloria legt den Finger an das Kinn. „Haare besser frisiert. Mit Gel. Neues T-Shirt. Er sieht irgendwie besser aus.“

„Neuer Look“, meinte Vicky.

„Hat was Drolliges. Man möchte ihn knuddeln.“

„Ihr steht im Weg“, kam es vorwurfsvoll von hinten. Cindy und zwei ihrer Freundinnen wollten vorbei.

Vicky senkte den Blick auf Cindys Bauch. Er war superflach. Trotzdem sagte Vicky: „Tut mir leid. Seit du so zugenommen hast, brauchst du wohl mehr Platz.“

„Zugenommen?“ Cindy rang nach Luft.

Ihre Kletten schlossen sich der Empörung sofort an.

Gloria spielte großartig mit. „Jetzt sehe ich es auch. Du wirst dick.“

„Dick?“ Entsetzt tastete Cindy sofort ihren Bauch ab. Mit verzweifeltem Blick wandte sie sich an ihre Freundinnen: „Ist da mehr? Die Hose … sie spannt ein wenig … ich habe es heute Morgen bemerkt. Ist da was?“

Nessa gesellte sich zu Vicky und Gloria.

„Bei dir hat es auch so angefangen, nicht wahr?“, fragte Vicky ernst.

Zuerst verstand Nessa nicht, was Vicky meinte.

„Na ja, du hattest doch früher auch so eine Figur wie Cindy."

Als Nessa den Mund öffnete, um zu fragen, ob sie verrückt war, gab ihr Vicky mit den Augen ein Zeichen mitzuspielen.

Nessa schaltete schnell. „Klar. Noch schlanker!"

„Und dann ist es einfach losgegangen!"

„Ja, einfach so. Stück für Stück." Nessa klopfte auf ihren üppigen Hüftspeck.

Vicky nickte mit gespieltem Bedauern. „Das steckt in den Genen. Da kannst du nichts machen."

Keine der drei hätte Cindy für so einfältig gehalten. Sie glaubte nämlich jedes Wort.

„Ich esse ab heute nichts mehr", kündigte sie an.

Gloria schwenkte mahnend den Zeigefinger. „Das ist ganz verkehrt. Dann wird dein Körper alles noch mehr speichern."

„Hilfe, nein!" Cindy presste die Hände an den Kopf.

Mr Nieson kam auf sie zu.

„Ihr stört die anderen beim Arbeiten", tadelte er. „Seid ihr mit euren Projekten schon fertig? Kann ich sie sehen?"

„Nicht ganz", erklärte Gloria mit ihrem Kleinmädchenblick. „Aber bald!"

In der Hosentasche des Lehrers piepste es. Er zog sein Handy heraus und warf einen Blick auf die Anzeige. An der Art, wie er die Tasten drückte, vermutete Vicky, dass er eine SMS erhalten hatte. Vielleicht ihre? Hätte dann etwas länger gedauert, aber wenn man Textnachrichten über das Internet schickte, kam das schon mal vor.

Der Lehrer las, was auf der Anzeige stand. Seine Wangenmuskeln zuckten. Auf seiner Stirn schwoll eine Ader. Er presste die Lippen zusammen und verließ den Saal mit großen Schritten.

„Hast du deinen Laptop dabei?“, fragte Vicky Gloria flüsternd.

Sie nickte und klopfte auf ihre große Umhängetasche.

An einem der Tische saß ein zartes, hübsches Mädchen. Sie beobachtete Vicky die ganze Zeit. Als Vicky sie bemerkte, lächelte sie sie an. Das Mädchen lächelte zurück. Es war Kelly.

Vicky, Nessa und Gloria verzogen sich ganz nach hinten in eine Ecke, breiteten alle Unterlagen aus und taten, als würden sie angestrengt arbeiten. Auf den Knien, unter der Tischplatte versteckt, hatte Vicky den Mini-Laptop. Sie öffnete die Seite der *Wahnsinnsengel*.

Minuten verstrichen, aber keine neue Nachricht traf ein.

Nessa trommelte ungeduldig mit dem Bleistift auf den Tisch.

„Das macht mich nervös“, beschwerte sich Gloria.

„Uuuh, die Lady bekommt Migräne!“, spottete Nessa.

„Ich kann Kinnhaken. Hast du Lust, einen zu kosten?“, bot Gloria an.

Vicky und Nessa sahen sie perplex an.

„Äh, was hast du gerade gesagt?“

Gloria streckte die Faust hoch. „Ich kann Kinnhaken. Hat mir Sigfrids Boxtrainer beigebracht. Süßer Typ.“

„Immer für eine Überraschung gut, Lady Gloria!“, brummte Nessa.

„Er hat geantwortet“, meldete Vicky aufgeregt.

Auf den Klippen

Nessa, Gloria und Vicky steckten die Köpfe zusammen. Gleichzeitig lasen sie, was Mr Nieson schrieb:

> Was soll das?
> Mit diesem Foto verletzt ihr meine Persönlichkeitsrechte. Hört auf damit!
> Außerdem besitzt eure Seite kein Impressum. Ich werde sie den zuständigen Behörden melden. Sie können zurückverfolgen, wer ihr seid.
> Entfernt das Foto auf der Stelle!

„Stimmt das? Mit dem Zurückverfolgen und so?“, fragte Gloria besorgt.

Das hatte Vicky bereits telefonisch recherchiert. „Gilbert sagt, es ist möglich, den Server herauszufinden, auf dem die Seite steht.“

Nessa zog die Nase kraus. „Der Schulserver.“

Vicky nickte. „Ja. Genau. Die Schule kommt also in Schwierigkeiten.“

„Und uns können sie nicht finden?“ Gloria hatte ernstliche Bedenken.

„Nein. Laut Gilbert nicht.“

„Und das mit dem Personlichkeitsrecht?“

„Mag stimmen. Aber Mr Nieson kämpft schließlich auch mit harten Bandagen. Und Mrs Hasselmann wird nicht begeistert sein, wenn sie sieht, was er auf der Klassenfahrt treibt."

Mrs Hasselmann war die strenge Direktorin der Schule, die gerne Ansprachen über Moral und Anstand hielt.

„Was machen wir jetzt?"

Vicky zuckte mit der Schulter. „Nichts. Wir lassen das Foto einfach stehen." Sie öffnete die Startseite und warf einen Blick auf den Besucherzähler in der rechten unteren Ecke. Bisher hatten 1220 Leute die Seite besucht. Ein paar Sekunden später sprang der Zähler auf 1221. Nur eine Minute später auf 1222. „Wetten, das ist Nieson, der nachsieht, ob das Foto noch da ist."

Nessa grinste teuflisch, Vicky breit und Gloria verschmitzt.

Es fiel allen schwer, sich auf ihre Projektarbeit zu konzentrieren. Immer wieder kontrollierten sie den Zähler. Er sprang auch weiter, wenn jemand die Seite nur neu lud, wusste Vicky.

1229

1230

1231

Da hatte Vicky einen Einfall. In einem Fenster auf der Startseite konnten Besucher Kommentare veröffentlichen. Vicky trug selbst ein:

Ich fasse es nicht! Das sind doch Mr Nieson und die neue Lehrerin. Weiß Hasselmann davon?

Das ist doch Nieson, der Moralapostel. Macht er das auf Klassenfahrt?

Stark! Wenn ihr den vertrockneten Nieson vermittelt, könnt ihr jeder Liebe helfen.

Der Spaß, den Vicky an diesen Einträgen hatte, tat ihr gut. Das Vergnügen schlug aber sofort in Aufregung um, als ihr ein fauliger Geruch in die Nase stieg. Es war der Dunst von verrottendem Gras. Noch nicht sehr stark. Aber er wurde immer heftiger.

Die Gefahr war noch nicht gebannt. White war nahe und wollte zuschlagen, und Vicky musste es verhindern. Sie erhob sich ein wenig und sah prüfend zu Aaron. Er kauerte unverändert an seinem Platz und schrieb, den Kopf in die Hand gestützt.

Wieso dann der Gestank?

Nachdem noch einmal zehn Minuten verstrichen waren, meldete sich Nieson wieder.

Ich gebe euch folgende Chance: Ihr entfernt das Foto augenblicklich. Nach den Sommerferien gibt es diese Seite nicht mehr.
Bis dahin werde ich nichts unternehmen.

„Gehen wir darauf ein?“, wollte Vicky von den Freundinnen wissen.

„Ist nicht übel als Angebot“, meinte Nessa.

„Ja, tu es. Dann lässt er uns endlich in Frieden“, drängte Gloria.

Bis zu den Sommerferien waren es noch drei Wochen, dann sechs Wochen Ferien, machte neun Wochen insgesamt. In dieser Zeit konnte viel geschehen, dachte Vicky.

Sie tauschte das Foto gegen das Bild von Azrael aus und änderte auch den Text darunter wieder.

„Und wenn er nicht Wort hält", kündigte sie an, „mailen wir das Foto an die Hasselmann."

Ein halbe Stunde vor dem Essen waren die Freundinnen mit ihren Projektblättern fertig. Sie brachten die Mappen zu Mr Nieson, der sie sofort durchblätterte. Ungewohnt weich und nachsichtig nickte er und sagte schließlich: „Gut gemacht. Ganz gut. Ist damit erledigt. Ihr habt den Nachmittag frei zum Baden. Meldet euch nach dem Lunch ab."

Die Wahnsinnsengel klatschten die Hände in der Luft zusammen.

Als sie sich umdrehten, um ihre Stifte und Bücher nach oben zu bringen, traf Vicky erneut ein Schwall des Todeshauchs. Er war betäubend. Sie taumelte weiter, damit Mr Nieson nichts bemerkte. Jetzt nur keine neugierigen Fragen!

Vicky schaffte es hinaus in die Halle.

Gloria kam ihr hinterher und hielt sie an der Schulter fest. „Was ist denn wieder mit dir?"

Grob riss sich Vicky los und stieß Gloria zur Seite. Sie rannte auf das Haupttor zu, zog es panisch auf und rettete sich ins Freie.

Die Sonne brannte vom Himmel und heizte die Luft auf, die über dem Asphalt flimmerte.

Oder erschien Vicky das nur so?

Lag es an ihren Augen?

Sie drehte sich im Kreis und sah sich um. Woher kam der Geruch? Wer war in so großer Gefahr? Wo schwebte ein Leben an der Grenze zwischen Hier und Dort?

Der Vorplatz war leer. Weder Schüler noch Lehrer waren zu sehen. Der Geruch nach faulem Wasser wurde schwächer, was Vicky etwas aufatmen ließ.

Wenn ihr Herz nur nicht so hämmern würde. Sie war von Kopf bis Fuß in Schweiß gebadet.

Aaron fiel ihr ein. Wo war er? Saß er noch immer an seinem Platz? Sie hatte vergessen, nach ihm zu sehen. Als sie sich zum Haus zurückdrehte, standen Gloria und Nessa in der offenen Tür. Vorwurfsvoll blickten sie ihr entgegen.

Vicky lief auf sie zu.

„Wir sind deine Freundinnen. Uns kannst du doch wirklich sagen, was los ist", sagte Gloria anklagend.

„Lady, mach keinen Bockmist", meinte Nessa.

„Bitte, lasst mich", bat Vicky sie. „Später. Später erkläre ich euch alles." Sie schob sich zwischen den beiden durch und jagte durch die Halle zum Speisesaal.

Es traf sie wie ein Schock und lähmte sie für einige Momente völlig. Der Tisch, an dem Aaron gesessen hatte, war leer. Nicht nur er war fort, sondern auch seine Kumpels vom Footballteam.

Neben Mr Nieson stapelten sich die Projektmappen der Schüler. Vicky trat vor ihn. „Hat Aaron schon abgegeben?", wollte sie wissen und deutete auf den Stapel.

„Aaron?" Mr Nieson blätterte langsam von Mappe zu Mappe. „Ja, schon vor einer Weile."

Wo war er hin? Vicky lächelte unsicher, nickte dem Lehrer zu und lief wieder aus dem Saal. Sicherheitshalber stürmte sie immer zwei Stufen auf einmal nehmend die Treppe nach oben. Sie rannte von Raum zu Raum, riss jede Tür auf und steckte den Kopf hinein.

Aus einigen Zimmern gab es Protest und sie wurde beschimpft, was Vicky alles nicht kümmerte. Als sie am Ende des Flurs angelangt war, hatte sie Gewissheit. Weder Aaron noch seine Freunde, waren hier. Sie mussten weggegangen sein.

Zu den Klippen?

Zum Springen?

Die Zeit war günstig, da kein Lehrer am Strand war, der es sehen könnte. Als Zuschauer reichten Aaron bestimmt seine Freunde.

Sie musste White zuvorkommen. Er war hier, weil er Aaron mitnehmen wollte.

Vicky hetzte die Treppe wieder hinunter. Ihr war übel vor Angst und sie hatte weiche Knie.

Vor dem Gästehaus warteten Gloria und Nessa.

„Ich muss kurz weg. Passt auf, dass Nieson nichts bemerkt“, rief Vicky ihnen zu. Als sie den Weg hinaus zu den Klippen einschlagen wollte, kamen ihr Nessa und Gloria nach.

„Bleib stehen!“, verlangte Nessa energisch.

„Sonst sind wir nicht mehr deine Freundinnen!“, drohte Gloria.

Natürlich stoppte Vicky und drehte sich um. „Seid nicht kindisch. Bitte. Lasst mich gehen! Ich habe euch doch gesagt: Später. Später erkläre ich alles.“

„Du hast immer mehr Geheimnisse vor uns. Du bist nicht nur verändert. Du bist ganz anders geworden. Nicht mehr unsere Vicky!“, sagte Gloria.

„Das bin ich schon. Aber … für mich ist vieles anders. Ich … ich würde euch gerne mehr sagen. Aber … es geht nicht. Es ist so … nicht einmal ich kann das alles wirklich glauben."

Nessa schüttelte den Kopf. „Ausreden. Entweder Freundinnen oder keine Freundinnen. Ein bisschen Freundin gibt es nicht."

„Ich MUSS jetzt weg!", erklärte Vicky sehr bestimmt.

Gloria fasste sie am Arm und hielt sie fest.

„Wir lassen dich nicht."

„Doch. Lass sie. Aber wir sind dann keine Freundinnen mehr. Das läuft nicht, klar?"

„Bitte nicht", sagte Vicky flehend. „Tut mir das nicht an. Ich bin absolut eure Freundin. Und wir reden. Ehrlich. Wirklich."

Gloria verstärkte ihren Griff. Nessa tat so, als würde sie weggehen.

„Entweder du kommst mit uns rein oder … ist klar, was dann ist."

Der Gestank des Todes kam mit einer Intensität, die Vicky das Atmen fast unmöglich machte. Er traf sie mitten ins Gesicht. Ihr war das alles zu viel. Jetzt eins nach dem anderen. Sie lächelte Gloria entschuldigend an, schloss die Augen und lenkte alle ihre Gedanken auf Aaron. Sie musste zu ihm und sie musste ihn retten.

Neben ihr stieß Gloria einen erschrockenen Schrei aus.

Nessa gab ein fassungsloses „Häääá?" von sich.

Vicky öffnete die Augen wieder. Glorias Finger waren durch ihren Arm geglitten und sie stand mit offenem Mund da, die Hand noch an derselben Stelle. Als Vicky einen Schritt nach vorne machte, bewegte sie sich durch Gloria hindurch. Sie schwebte knapp über dem Boden zu Nessa, die die Augen aufgerissen hatte. Leise flüsterte sie ihr ins Ohr: „Ich bin bald zurück. Dann reden wir. Ihr seid meine besten Freundinnen und ich will, dass das immer so bleibt."

Nessa schlug nach der Stimme wie nach einer Stechmücke. Sie sah sich hektisch um und japste nach Luft.

Mit einem tiefen Atemzug glitt Vicky in die Höhe, neigte sich nach vorne und legte die Arme an, wie sie es bei Claire gesehen hatte.

Sie steuerte auf die Küstenlinie zu und flog dort in Richtung der Bucht, in der der Badestrand lag. Ein Stück davor musste sich die Klippe befinden, von der aus der Todesspringer ins Meer getaucht war.

Ein Schwarm Möwen schaukelte vor ihr im Wind und ließ sich von der warmen Böe tragen. Sie glitt durch die Vögel und die Vögel glitten durch sie.

Die Möwen schienen sie, obwohl sie körperlos und unsichtbar war, zu bemerken. Vicky hörte sie aufkreischen, und als sie zurückblickte, stoben die Vögel zeternd auseinander.

Von oben sah Vicky den graubraunen Pfad, der am Klippenrand entlangführte und Broadgate mit dem Leuchtturm verband.

Der Todeshauch war zu einer feinen Spur geworden. Vicky wusste allerdings, dass die Gefahr deswegen nicht geringer geworden war. Sobald sie Engelsgestalt annahm, war der Geruch leichter zu ertragen.

Die Absprungstelle war eine natürliche kleine runde Plattform, die nach vorn ragte. Unter ihr rollten die Wellen tosend gegen die Klippen.

Es sah nach Flut aus. Felsen ragten keine aus dem Wasser. Die dunkelblaue Oberfläche des Meeres schäumte hier und dort. Die weißen Kronen zerplatzten aber schnell.

Eine Möwe schien mit Mühe gegen den stärker werdenden Wind anzukämpfen. Schließlich gab sie auf und ließ sich in einem großen Bogen landeinwärts tragen.

Einige Schritte von der Plattform entfernt stand eine Gruppe von Jungen. Aarons heller Irokesenkamm leuchtete heraus.

Er wollte also Ernst machen.

Vicky sank schnell nach unten und setzte unmittelbar neben der Gruppe auf.

Der Kampf

„Und? Nur große Klappe oder tust du es wirklich?“, fragte einer der Jungen.

Aaron verschränkte die Arme vor der Brust. „Wenn du dich wirklich traust, dann bist du dabei. Für alle Zeit im Team.“

Ein anderer Junge warf ein, dass der Sprung nicht gerade ungefährlich sei. Aaron wischte diesen Einwand weg. „Selbst wenn du falsch vom Zehn-Meter-Turm springst, überlebst du es“, lachte er. „Ich hab da meine Erfahrungen. Und die Klippen sind kaum höher. Ist eigentlich nichts dabei.“

„Ich hab gewusst, dass der Typ kneift!“, sagte jemand abfällig.

„Wir müssen bald mal zurück“, drängte Aaron, der langsam ungeduldig wurde.

Es war Marco, der den Sprung wagen sollte. Er stand da und kämpfte mit sich. Vicky streckte ihre Hand nach ihm aus, bekam ihn aber nicht zu fassen, da sie körperlos war.

„Marco“, rief sie in Gedanken, „Marco, du darfst das nicht tun! Du setzt dein Leben aufs Spiel.“

Vicky wusste, dass Marco verloren war, wenn er sprang. Endlich konnte sie sich den stechenden Gestank erklären. Als Marco den Entschluss gefasst hatte, den anderen seinen Mut zu beweisen, war der Todeshauch sofort von ihm aufgestiegen und nach allen Seiten geströmt.

Es war Marco. Die ganze Zeit. Azrael hatte also reht behalten. Sie hätte das früher erkennen müssen, um Marco zu warnen.

„Marco, nein. Tu es bitte nicht!“, schrie sie ihn mit Gedanken an.

In Marcos Gesicht zuckte ein Muskel nervös.

„SPRING, SPRING, SPRING, SPRING, SPRING!“, begannen die anderen Jungs zu brüllen. Sie klatschten im Takt und stampften mit den Füßen auf.

„Nein! Tu es nicht!“, schrie Vicky.

Marco zog sich das T-Shirt über den Kopf und ließ es zu Boden fallen.

Aaron und sein Team stießen einen begeisterten Jubelschrei aus.

Wieso tat Marco das? Es passte doch gar nicht zu ihm. Er war weder ein Draufgänger noch war er leichtsinnig. Vicky verstand ihn nicht. Irgendwie war er ihr …

… fremd.

Sehr fremd sogar.

Sie schwebte vor ihn und sah ihn an. Natürlich bemerkte er sie nicht.

Marcos Gesicht wirkte verändert. Seine Augen schienen ihre Farbe verloren zu haben. Die Pupillen hatten einen silbernen Glanz.

„SPRING, SPRING, SPRING!“, feuerten ihn die anderen weiter an.

Was war los mit Marco?

Wie konnte sie das verhindern?

Vicky dachte fest an Marco, wie er gesund und fröhlich am Herd gestanden hatte. Sie versuchte das Bild auf diese

Weise wahr werden zu lassen. Für ihn als Erinnerung und in der Hoffnung, dass ein so starker Wunsch Wirklichkeit wurde.

Sie fixierte seine Stirn, als könnte sie so in seinen Kopf eindringen.

Da hörte sie eine Stimme. Sie klang kalt und scharf wie Metall. Aber auch verzerrt, als würde jemand gegen einen Sturm anbrüllen.

Noch jemand redete auf Marco ein. Es musste ein Engel sein, ein Wesen wie Vicky, das Zutritt zu seinen Gedanken hatte.

„Spring! Du musst es tun. Du kannst jetzt nicht mehr zurück. Sonst bist du für immer ausgeschlossen. Es ist nur Wasser. Nichts kann passieren. Spring!"

„Nein!", schrie Vicky.

„Doch!", entgegnete die andere Stimme schneidend.

Marco entledigte sich seiner Sportschuhe und stieg aus seinen Jeans. Darunter trug er lange Badeshorts mit aufgedruckten Surfbrettern.

Begleitet von den anderen Jungen schritt Marco auf die Sprungplattform zu. Er ging langsam, zögerlich.

Vicky sammelte alle Kräfte, die sie aufbringen konnte, in ihrem Inneren, um Marco eine Botschaft zukommen zu lassen. Sie ging an seiner Seite, ihren Mund ganz dicht an seinem Ohr.

„Marco, bleib stehen! Hör auf! Geh zurück! Du springst in den Tod", warnte sie.

Er musste sie doch hören. Wieso reagierte er nicht?

Vicky hatte nur eine Erklärung. Die andere Stimme war White. Er wollte Marco holen.

Marco hatte bereits die vorspringende Stelle der Klippe erreicht und war in der Mitte stehen geblieben. Nur ein halber Schritt fehlte ihm zum Sprung. Er warf einen Blick in die Tiefe.

Von unten kam das Tosen und Rauschen des Meeres. Der Geruch des Salzwassers und der Gischt stieg auf.

Aaron gab den anderen ein Zeichen, woraufhin sie verstummten.

„Konzentration ist jetzt wichtig", erklärte er und legte Marco kumpelhaft eine Hand auf die Schulter. „Wenn du mit den Beinen voran springst, dann achte darauf, die Zehen nach unten zu strecken. So tauchst du besser ein. Und bleib gerade. Klar, Mann?"

Marco starrte in die Ferne und nickte. Wieder sah er nach unten.

„Nein, Marco. Nein! Spring nicht!", schrie Vicky immer wieder voller Verzweiflung.

Sie hasste ihn. Sie hasste White. Sie hasste ihn von ganzem Herzen für das, was er da tat.

Hinter Aaron und den Jungen, ein Stück entfernt auf der Wiese, stand er.

Er war es wirklich. Das hier war also sein Werk.

„Ich hasse dich!", schleuderte sie ihm entgegen. „Ich hasse dich! Lass ihn in Frieden!"

White kam gerannt. Mit großen Schritten.

Wollte er Marco selbst in die Tiefe stoßen?

Schützend baute sich Vicky vor ihm auf und streckte die Arme zur Seite, um White aufzuhalten. White sprang vom Boden ab und umrundete Vicky in einem weiten Bogen. Sie sah ihm hinterher.

Er schreckte vor nichts zurück, genau wie Claire gesagt hatte.

Über dem tosenden Meer, etwa drei Meter von Marco entfernt, verharrte White in der Luft.

Aaron und seine Freunde warteten voller Sensationslust auf den Sprung.

Marco beugte sich nach vorne und sah unter sich die tosende Gischt. Er richtete sich auf und wich einen Schritt zurück.

Jemand gab einen genervten Laut von sich.

White straffte die Schultern und streckte die Brust heraus.

Die Wirkung war überraschend. Eine unsichtbare Kraft schien Marco zu treffen und er knickte nach vorn. Dann taumelte er zurück, stolperte und landete unbeholfen vor Aarons Füßen.

Einige lachten verächtlich.

Marco hatte den Mund halb geöffnet. Sein Blick war leer, das silberne Glitzern in seinen Augen war fast erloschen, wurde dann aber wieder stärker.

„Was tust du da? Hör auf!“, schrie Vicky White an.

In dem Moment bekam White einen Schlag von hinten versetzt, der ihn gegen die Klippe schleuderte. Er prallte an den schroffen Fels. Seine Hände fassten nach oben und hielten sich dort fest. Keuchend zog er sich hinauf und rollte über das Strandgras.

Hilflos und ratlos sah Vicky dabei zu.

Was …?

Als White sich erhob, bekam er den nächsten Schlag von hinten. Er stolperte nach vorn und stürzte erneut.

Regungslos blieb er auf dem Bauch liegen.

Vor der Klippe formte sich ein Körper in der Luft.

Als sich ihre Blicke trafen, spürte Vicky einen harten, eisigen Stich. Er bohrte sich durch ihre Augen und kroch dann den Hals hinunter in ihre Brust, um sich wie ein Netz aus kaltem Stahl um ihr Herz zu legen.

Vicky konnte sich von dem Anblick nicht lösen. Der Schmerz machte sie fast unfähig, sich zu bewegen. Auch ihre Gedanken schienen langsamer zu fließen.

Die Locken waren fort. Das Haar war dunkel und glatt am Kopf anliegend nach hinten frisiert. Sie trug ein schwarzes Catsuit, das mit ihrer Haut verwachsen zu sein schien.

Die Pupillen waren von kaltem Silber. Ihr Blick nahm Vicky alle Kraft.

Claires Miene war völlig ausdruckslos. Ihre violett schimmernden Lippen öffneten sich.

„Steh auf, Marco! Spring, spring, dann bist du ein Held!“, sagte sie mit metallischer, kalter Stimme. Wie unsichtbare Pfeile schossen die Worte in Marcos Kopf.

Marco war wieder auf den Beinen.

White erhob sich, taumelte aber.

„Letzter Versuch, sonst gehen wir“, sagte Aaron.

„Wind … vom Meer …“, murmelte Marco. Er wischte sich kleine Steinchen von den nackten Beinen.

Vicky hatte Mühe zu sprechen. „Wer bist du wirklich? Wieso tust du das?“, wollte sie von Claire wissen.

Claire riss ihren rechten Arm in die Höhe. In der Bewegung wurde der Arm oben breiter und als sie ihn wieder senkte, war ein schwarzer Flügel herausgewachsen. Die

Federn waren dick und hart, das Ende, dort, wo vorhin die Hand gewesen war, lang und scharf.

„Deine Freundin hat dir gut geraten. Wenn du ihr nicht vertraust, dann musst du deiner Feindin ins Auge sehen." Ohne ein einziges Mal zu zwinkern, sah Claire sie unverwandt an. „Er ist verloren. Für das Leben und das Licht", rief Claire. Ihre Stimme war jetzt von einer ohrenbetäubenden Lautstärke.

Vorbei war das Sanfte und Weiche. Es wurde von einem harten Brüllen abgelöst, viel lauter, als ein sterbliches Wesen schreien konnte.

Nun veränderte sich auch Claires Kopf. Der Kragen des Catsuits wuchs nach oben und begann Hals, Wangen und die Stirn zu überziehen. Claires Silberaugen starrten aus den Löchern der Maske. Schließlich schloss sich das Schwarz auch über ihren Haaren.

Ihre nackten Füße hatten sich ebenfalls dunkel gefärbt und zu Vogelkrallen verformt.

„ER GEHÖRT MIR!", donnerte Claire und ihre Stimme schien alles zwischen Meer und Himmel auszufüllen.

Vicky schaffte es, die Hände nach oben zu bewegen. Sie hielt sie vor ihre Augen, um sich aus Claires Blick zu befreien. Augenblicklich spürte sie eine innere Erleichterung.

„Ich werde dich zerstören!", kreischte Claire.

Der Schlag traf Vicky unvorbereitet. Claire war wie ein schwarzer Schatten auf sie zugesprungen und hatte sich gegen sie geworfen. Vicky fiel nach hinten. Ihre Gegnerin schnellte über ihr in die Höhe. Sie zog die Vogelkrallenfüße an, stieß sie dann mit aller Wucht nach unten und stürzte sich auf ihr Opfer.

Mit einer schnellen Drehung zur Seite wich Vicky aus. Die Krallen trafen hart neben ihr auf den Boden. Sofort schlug Claire wieder in Vickys Richtung. Eine Kralle ritzte über Vickys nackten Arm und verletzte sie. Blut quoll aus dem Schnitt.

Sie war also verwundbar. Auch als Engel.

Mit schrillen Schreien schlug Claire immer wieder nach Vicky.

Vicky schaffte es auf die Beine. Ihr Arm brannte fürchterlich.

Hinter sich hörte sie Claires tödliche Lockrufe.

„Sei mein", brüllte Claire beschwörend und jagte auf Marco zu. Sie ähnelte immer mehr einem riesigen Vogel.

Vicky gab nicht auf. Auf keinen Fall.

„Marco, tu es nicht, nicht!" Marco war nur noch Zentimeter von der Kante der Klippe entfernt. Vicky schrie die anderen Jungen an: „Haltet ihn zurück!"

Ihre Worte blieben ohne Wirkung.

Sie sprang vom Boden ab und warf sich mit aller Kraft gegen Marco.

Als sie durch ihn durch fiel, spürte sie nicht den geringsten Widerstand. Dafür schlug Claire wieder nach ihr. Ihre Vogelkrallen waren gebogen, nadelspitz und scharf wie Sicheln. Sie erwischte Vicky am Bein, das ebenfalls sofort zu bluten begann.

Marco atmete tief ein.

Hilflos sah sich Vicky um. Konnte sie ihn retten, bevor er auf dem Wasser aufschlug?

Claire lachte höhnisch und ihr Lachen breitete sich wie eine gigantische Welle aus.

Beschwörend fächelte sie mit dem schwarzen Flügel und schwebte langsam in die Tiefe.

In einer Pose, als wartete sie nur darauf, Marco in Empfang zu nehmen, verharrte sie auf halbem Weg zwischen Klippenrand und Meer.

„Ihr weißen Engel seid machtlos gegen uns!“, dröhnte es von ihr zu Vicky hinauf.

Marco wippte auf den Zehen leicht auf und nieder. Er schwang die Hände. Im Sonnenlicht sah Vicky, wie nass sie glänzten. Marco hatte auf dem ganzen Körper glitzernden Schweißperlen. Hinter ihm machte sich ein Junge kichernd darüber lustig.

Das gab Marco den letzten Ruck. Er hatte sich entschieden. Er würde springen.

Claire feuerte ihn an. „Ja, fliege, du kannst fliegen!“

Das schönste Gefühl

„Vicky!“

White erhob sich, noch immer halb benommen. Er bedeutete ihr mit der Hand, zu ihm zu kommen.

„Komm schnell! Vicky!“

Aus der Tiefe gellte ein Wutschrei, der Vickys Ohren fast platzen ließ. Claire schoss herauf, das Gesicht zu einer dämonischen Fratze verzogen.

„Nein! Verschwinde! Er gehört mir!“ Claires Augen glühten grün. Aus ihrem Mund fiel ein roter Lichtschein, als würde ihre Zunge brennen.

Whites Gesicht war wie aus hellem Marmor, kalt, abweisend und unbeweglich.

„Ich zerstöre alles, was dich glücklich macht!“, brüllte Claire.

Vicky sah zwischen ihr und White hin und her. Was sollte das? Was lief hier ab?

Marco stand bereits so weit vorn, dass seine Zehen über den Rand hinausragten.

Der schwarze Dämon, in den sich Claire verwandelt hatte, schwang beschwörend den Flügel. Damit löste sie eisige Böen aus, die von hinten gegen Marcos Rücken schlugen und seine Shorts nach vorn wehten.

Vicky wollte mit ihm in die Tiefe fliegen, wenn er sprang. Vielleicht gab es doch noch eine Rettung. Alles, alles würde sie dafür tun. Marcos wegen, nicht ihretwegen.

„Vicky, komm!“, rief White.

Weil sie noch immer zögerte, breitete White die Arme aus. Sein offenes Hemd flatterte im Wind. Er schwebte zu ihr und nahm sie an der Schulter. Die Berührung war elektrisierend. White trug sie auf die Klippe zurück.

„Rette ihn.“

„Wie, wie?“, japste Vicky.

„Ruf ihn!“

„Er hört mich nicht.“

„Doch. Gleich!“

White setzte sie neben Aaron ab.

„Ruf ihn!“, sagte er erneut. Vicky riss fragend die Augen auf, weil sie nicht verstand, was White tat. Er war ein paar Schritte zurückgetreten und nahm Anlauf, direkt auf sie zu.

„Ruf ihn!“, befahl er scharf.

Als Vicky zu Marco sah, hob dieser gerade die Arme, um Schwung für den Absprung zu holen.

„Komm her, komm zu mir“, lockte Claire, ihre Stimme auf einmal hell und verführerisch.

Vicky hörte ein Rauschen hinter sich und blickte zurück. White rannte wie ein Athlet vorgebeugt, die Arme und Beine angewinkelt, auf sie zu. Sie wollte ausweichen.

„Bleib stehen!“, schrie er atemlos. Da prallte er auch schon gegen sie.

Es war ein dumpfer Stoß, der Vicky aber nicht umwarf.

Marco ließ sich wieder auf die Fersen sinken. Er legte die Arme an seinen Körper und wankte leicht.

Das Gefühl war überwältigend. Als Vicky an sich herabblickete, konnte sie sehen, dass White und sie nur noch eine Person waren. Sie waren ineinander verschmolzen, einander so nahe, wie eine Umarmung es niemals schaffen könnte.

Vicky emfand etwas, das sie noch nie zuvor so stark verspürt hatte. Es war Glück und Freiheit, Leichtigkeit und Schwere gleichzeitig, ein Moment ohne Angst oder Sorge, nur erfüllt mit diesem herrlichen Gefühl, das niemals, niemals enden sollte.

Sie griff nach Marco. Er war zu weit entfernt. Im Augenblick wirkte es jedoch, als hätte er es sich anders überlegt.

Whites Kopf war dicht neben ihrem. Sie spürte seine Haare an der Wange und drehte sich zu ihm. Sein Blick war weich, seine Lippen berührten ihre und der Kuss schien Vicky wie flüssiges Sonnenlicht zu umfließen.

Marco hob erneut die Arme und machte sich zum Sprung in die Tiefe bereit.

„Ruf ihn zurück, ruf!“, erinnerte White, als er sich wieder löste.

Vicky holte Luft und tat es.

Ein Schrei bohrte sich in ihre Ohren. Aus dem Augenwinkel sah Vicky etwas Schlankes, Schwarzes, das aufstieg, sich ausdehnte und zersprang. In dem Moment verstummte auch der Schrei.

Das wundervolle Gefühl verebbte viel zu schnell. Zurück blieb eine Schwere, die sie auf den Boden drückte. Die Schwere ihres Menschseins. Sie hatte ihren Körper und ihr Aussehen wieder.

„Marco, nein!“, hörte sie eine Stimme rufen. „Mach das nicht! Das ist Wahnsinn.“

Die Stimme war ihre und sie kam aus ihrer Kehle. Vickys Hand griff von allein nach vorne und packte Marco am

Bund der Badeshorts. Sie riss ihn zurück. Er stolperte nach hinten, weg vom Felsvorsprung und stieß gegen ein paar Jungen.

„Woher ... wieso ... was?“ Aaron wischte sich immer wieder über das Gesicht. „Du ... du warst nicht da ... Wieso bist du jetzt da?“ Er schluckte nervös.

Für die anderen Jungen, die nur auf Marco gestarrt hatten, war Vickys Auftauchen nicht so seltsam wie für Aaron. „Du warst ... wieso? Was ... was ist das?“, stammelte Aaron weiter.

Vicky blickte ihm fest in die Augen. „Du bist wirklich ein Vollidiot. Du hättest ihn springen lassen. Das ist lebensgefährlich. Und so etwas ist Kapitän des Footballteams. Idiot!“

Die anderen redeten durcheinander.

Aaron fuhr sich noch immer mit der Hand über das Gesicht. Er schlug sich gegen den Kopf.

„Vergiss diese Blödmänner. Aber Nieson sollte erfahren, wozu sie dich treiben wollten. Und so was nennt sich Sportler“, sagte Vicky zu Marco.

Marco starrte Vicky nur sprachlos an, ließ sich von ihr aber an der Hand mitziehen. Sie hob sein T-Shirt und seine Jeans auf und drückte sie ihm in die Arme.

„Besser, du ziehst deine Schuhe wieder an. Die Steine hier sind spitz.“

Gehorsam schlüpfte Marco in seine Sportschuhe. Steif streifte er sich das T-Shirt über.

Aaron und die anderen beratschlagten sich kurz und rannten Vicky und Marco dann nach. Auf dem Weg, der zum Gästehaus führte, holten sie die beiden ein.

Noch immer hatte Marco kein Wort gesagt.

„He, wartet mal!“, rief Aaron. Weil Vicky nicht stehen blieb, griff er nach ihrer Schulter. Ungehalten schlug Vicky seine Hand weg.

„Hört mal zu ... das ist doch sinnlos ... es ist nichts geschehen!“, bettelte Aaron Vicky an.

Marco schien unter Schock zu stehen.

„He, Marco ... wir können doch darüber reden ... wegen unserer Mannschaft und so ... “, bot Aaron an. Zu Vicky sagte er: „Aber nur, wenn du dichthältst.“

„Das ist Erpressung“, meinte Vicky achselzuckend und tat, als wollte sie weitergehen.

Da überholte Aaron sie und lief rückwärts weiter.

„Jetzt hör mal, ich hätte ihn nicht springen lassen. Ich hätte ihn zurückgehalten. Du bist mir doch nur zuvorgekommen.“

„Das ist gelogen“, entgegnete Vicky ungerührt.

„Woher willst du das wissen?“

„Weiß ich eben.“

„Wieso willst du uns fertig machen?“

„Weil ihr Marco fertig gemacht habt.“

„Es war nur ... nur ein blöder Streich ... Ich hätte ... nie hätte ich ihn springen lassen. Aber ... ich bin so froh ... ich meine ... wenn etwas geschehen wäre ... das hätte ich nicht ausgehalten ... ich wäre auch gesprungen, glaube ich ... Ich hätte ihn gerettet. Glaub mir das doch. Bitte!“ Er sah sie mit flehenden Augen an.

„Mal sehen“, antwortete Vicky.

„Ich ... ich will ins Team. Ich bin nämlich echt gut!“, kam es von Marco.

„Da hörst du es!“ Aaron deutete auf Marco. „He … bitte … bitte, sag nichts. Okay?“

Vicky sah zu Marco. Er wirkte noch immer geschockt. „Lass mal“, sagte er leise. „Lass mal …“

Sie zuckte mit der Schulter. „Für heute, ja. Morgen reden wir weiter.“

Aaron atmete erleichtert aus. „He … danke … das ist echt fair. Danke.“

Wie sagte Pru Cassady? In jedem Unglück ist schon das nächtse Glück verborgen.

Es schien wirklich so zu sein. Auch wenn Vicky auf das Unglück, das Marco gedroht hatte, wirklich verzichten hätte können.

Zurück im Gästehaus, wollte Vicky zuerst einmal unter die Dusche. Sie hatte das Gefühl, der Todeshauch klebte noch immer wie ein nasser Lappen an ihr. Außerdem war ihr schlecht und schwindlig. Sie sehnte sich nach kaltem Wasser über ihren Kopf.

Vicky ging in den Duschraum und sperrte hinter sich zu. Sie zog sich aus und stellte sich unter die Brause. Zuerst duschte sie lauwarm, dann kühl.

Das Wasser rauschte und rauschte. Vicky räkelte sich, dehnte die verspannten Muskeln und lockerte ihre schmerzenden Gelenke.

Warum hatte der Moment mit White nicht länger dauern können? Und wieso war er erst in sie gesprungen, mit ihr verschmolzen und dann wieder verschwunden?

Vor allem aber fragte sie sich immer wieder eins: Wie hatte sie ihre menschliche Gestalt wieder annehmen können? Ihr Auftrag als Engel war zu dem Zeitpunkt noch nicht erfüllt. Es musste White gewesen sein. Seine Kraft, die er in ihr hinterlassen hatte, die das Wunder bewirkt hatte.

Bitte, komm! Ich will mit dir reden. Bitte!, flehte sie ihn in Gedanken an.

Sie hatte doch so viele Fragen an ihn. Besonders über Claire.

Am Nachmittag erfüllte Vicky das Versprechen, das sie Gloria und Nessa gegeben hatte. Die drei breiteten ihre Badetücher am äußersten Ende der Bucht aus. Weit weg und außer Hörweite von allen anderen. Das Meer, das Kreischen der spielenden Kinder, die Rufe der Möwen taten das Übrige, um das Gespräch zu übertönen.

Vicky saß in der Mitte, die Beine überkreuzt. Nessa fläzte neben ihr auf die Ellbogen gestützt. Gloria saß mit geradem Rücken und ausgestreckten Beinen.

„Manchmal denke ich ... ich kann euch das nicht erzählen", gestand Vicky.

„Wieso versuchst du es nicht einfach?", bot Gloria an.

Vicky konnte spüren, dass ihre beiden Freundinnen verletzt und ein wenig beleidigt waren.

„Weil es so ist, dass ich selbst nicht immer genau verstehe, was läuft. Macht das irgendwie Sinn?"

Gloria runzelte die Stirn, ermahnte sich selbst dann aber sofort: „Stirn glatt, sonst Faltengefahr." Sie massierte sich die Haut über der Nase. „Mir geht es oft so. Ich bin richtig wirr."

Nessa verkniff sich einen Kommentar dazu.

„Was meinst du?", wollte Vicky von ihr wissen.

„Ist schon irgendwie schwierig", lautete Nessas Kommentar. „Ich meine, am Anfang habe ich es auch irgendwie als Spinnerei genommen. Auch wenn du da so, du weißt schon, erscheinst und so …"

Vicky nickte. Sie atmete tief ein und aus.

„Es ist absolut gut, mit euch darüber zu sprechen."

Die Freundinnen versöhnten sich langsam.

Vicky begann bruchstückhaft zu berichten. Die Ereignisse waren nur in einzelnen Teilen in ihrem Kopf. Es war ein Puzzle, das sie selbst erst zusammensetzen musste.

Sie redete die meiste Zeit über White und die Rätsel, die er ihr aufgab.

Gloria schwenkte ihren großen Strohhut. „Hör nicht auf alle anderen. Dein Herz spricht die Wahrheit."

Nessa tat, als würde sie auf einer unsichtbaren Geige eine schmalzige Melodie spielen

„Weil es wahr ist!", bekräftigte Gloria.

„Er hat in seinem echten Leben Menschen getötet!", erinnerte Vicky.

„Nicht bewiesen, hast du selbst gesagt."

„Und Azrael nennt ihn Feind."

„Eifersucht", stellte Nessa fest.

„Ich habe ihm doch schon gegenübergestanden, als er nehmen wollte. Leben nehmen wollte."

Gloria hob die Hand. „Er hat Marcos gerade gerettet."

Das stimmte natürlich.

„Irgendwie bin ich schon sauer, dass dir diese Claire wichtiger war als wir", brummte Nessa.

Vicky nickte. „Ich … ist klar. Und es war auch blöd von mir. Im Nachhinein weiß man immer alles besser. Aber das ist eben nachher."

„Auch richtig!“, antwortete Nessa versöhnlich.

„In Zukunft echte Freundinnen, ohne Geheimnisse!“, sagte Gloria und streckte die Hände aus, damit die anderen einschlugen.

Vicky hatte einmal gesehen, wie Leute ihre Hände so verstrickten, dass jeder die Hand eines anderen hielt und sie gemeinsam einen Kreis bildeten. Sie versuchte, es Gloria und Nessa zu zeigen, was in einem heillosen Durcheinander endete. Lachend rollten sie auf den Badetüchern herum.

Bis bald, sehr bald!

Für den Abschlussabend hatten sich die Lehrer wirklich etwas einfallen lassen und die größte Disco von Broadgate gemietet. Getränke waren kostenlos, Alkohol verboten.

Lichtorgeln blitzten im Rhythmus der Musik, Spiegelkugeln drehten sich an der Decke. Aus dicken Rohren waberten Nebelschwaden, in die die Laserstrahlen leuchtende Muster schnitten.

Auf der Tanzfläche herrschte dichtes Gedränge.

Vicky schmunzelte über Gabriel und Liz, die unbeholfen von einem Bein auf das andere traten. Aaron hingegen warf sich in die Menge, die Arme in die Höhe gestreckt, völlig ausgelassen.

Vicky beobachtete Nessa und Gloria. Nessa schwang die Hüften und kümmerte sich nicht darum, was irgendjemand von ihrem Tanzstil halten könnte. Gloria war die perfekte Disco-Queen und hätte in jedem Video mittanzen können. Einige Jungen scharten sich um sie, was sie sichtlich genoss.

„He, Vicky!"

Sie drehte sich zur Seite und sah Marco. Er hielt ihr einen roten Fruchtcocktail entgegen. „Willst du?"

Vicky nahm das Getränk gerne an. Marco stellte sich neben sie, den gleichen Drink in der Hand. Die Veränderungen an Marco, die Vicky schon einmal festgestellt hatte, fielen ihr auch heute wieder auf. Er trug ein schwarzes

T-Shirt und helle Hosen mit Gürtel. Er deutete mit dem Kinn auf das Shirt.

„Von Aaron. Ein Geschenk."

„Steht dir."

„Danke." Marco nahm einen großen Schluck. Ohne Vicky anzusehen, sagte er: „Meinen Eltern sagst du auch nichts, oder?"

„Nein. Keine Sorge."

„Äh ... und ... also ... danke!"

„Wofür?"

„Dass du mir nachgekommen bist. Wieso hast du das überhaupt gewusst?"

Lächelnd meinte Vicky: „Bin vielleicht so was wie dein Schutzengel."

Er grinste. „Nicht übel." Mit dem Strohhalm erzeugte er ein schlürfendes Geräusch, als er die letzten Reste des Cocktails aufsaugte. „Ich kann gut Pizza machen und Pastete. Hast du Lust? Am Wochenende?"

„Klingt gut. Pizza mag ich sehr."

„Gut. Samstag, in Ordnung?"

Vicky nickte.

„Gut."

„Aaron hat gesagt, er meint das ernst mit dem Team. Ich kann nächste Woche mit ihnen trainieren. Die werden staunen. Darauf kannst du Gift nehmen. Die werden Augen machen."

„Klar! Ganz sicher!" Vicky nickte zustimmend.

Eine Weile schwiegen sie einfach.

„Äh ... tanzen wir?" Marco hatte rote Flecken im Gesicht, als er sie fragte.

„Ja!“ Vicky folgte ihm auf die Tanzfläche. Sie bewegten sich zur Musik, hielten aber Abstand.

Nessa und Gloria gesellten sich zu ihnen. Gloria verfolgt von ihren Verehrern.

Das Tanzen befreite. Es lockerte und machte glücklich.

Sogar einige Lehrer machten mit. Mr Nieson tanzte nur zweimal. Weit weg Mona, auf der anderen Seite der Tanzfläche. Vicky musste schmunzeln. Das geheime Leben der Lehrer war eine spannende Sache.

Die Scheinwerfer, der Nebel und die vielen Tanzenden ließen die Temperatur in der Disco steigen. Vicky hatte auf einmal das Gefühl, dringend frische Luft schnappen zu müssen. Sie kämpfte sich die lange Treppe nach oben zum Ausgang und trat in die Nacht hinaus.

Der Eingang der Disco befand sich in einer engen Gasse, die zu einem Durchgang führte. Es war die Gasse, in der ihr White begegnet war.

„Hallo Vicky!“

Zuerst hielt sie es für Einbildung. Für einen Streich ihrer Fantasie.

Aber es war keiner. Er stand wirklich da.

Vicky tastete an sich herab und drückte ihre Hand gegen die Mauer, die Widerstand leistete. Sie hatte also nicht ihre Engelsgestalt angenommen.

Danach berührte sie White am Arm.

Sie fühlte Haut. Kühle Haut.

Er hatte die Hände in den Taschen einer grauen Sweaterjacke. Darunter trug er ein weißes T-Shirt.

„Kannst du ein bisschen weg von hier? Können wir spazieren gehen?“

Vicky drehte sich um. Die Tür zur Disco war wieder geschlossen. Sie würde schon niemandem fehlen. Nur allzu lange durfte sie nicht wegbleiben.

Nebeneinander gingen sie die Gasse hinunter und durch den Torbogen. White schien einen bestimmten Weg gewählt zu haben.

Sie überquerten die Küstenstraße und traten auf das harte Gras am Strand. So erreichten sie den Rand der Klippen. Es war eine Stelle, die nicht so hoch über dem Wasser lag. Hier war das Schlagen der Wellen besonders deutlich zu hören. Manchmal spritzte Gischt herauf.

Die Wiese lag im Mondlicht. Es war so hell, dass Vicky einen Schatten warf. Und White auch.

Ihr Herz schlug nicht aufgeregt wie sonst. Vicky fühlte eine starke innere Ruhe.

„Du hast noch gar nichts gesagt." White deutete an sich herab.

„Ich verstehe es einfach nicht mehr. Mir ist das zu viel", gestand Vicky.

Er lächelte und lachte kurz. „Kann ich verstehen."

White führte sie zu einem Felsbrocken. Dort setzten sie sich nieder und sahen auf das Meer hinaus. Wieder hatte der Mond sein silbernes Licht über das Wasser gegossen.

„Lange kann ich nicht bleiben", begann er. „Es tut mir sehr leid. Bitte, versteh das."

„Was soll ich verstehen?" Vicky schüttelte langsam den Kopf. „Ich kenne mich wirklich nicht mehr aus. Heute auf den Klippen … Was … was war das?"

White streifte Vicky mit seiner Schulter. Die Berührung jagte ihr einen Schauer durch den ganzen Körper.

„Ich war fort, weil ich nach einer Möglichkeit gesucht habe. Ich hatte davon gehört, musste aber weit reisen."

„Möglichkeit?"

„Einer Möglichkeit, wieder Mensch zu werden."

Vicky bemerkte, dass sie nach diesen Worten die Luft anhielt. Nur das Rauschen des Meeres war zu hören.

„Du bist ... Mensch?" Sie zeigte auf ihn.

White schnitt eine bedauernde Grimasse. „Nein. So wie du zum Engel wirst, kann ich zum Menschen werden. Doch immer nur für kurze Zeit."

„Du bist in mich gesprungen, wir waren ... eins." Vickys Kehle fühlte sich auf einmal verknotet an.

„Ich habe meine Kraft in diesem Moment auf dich übertragen. Damit du deinen Freund warnen konntest. Als Engel hattest du keine Möglichkeit ihn zu retten. Ihre Macht übertrifft alles, was du kannst, ums Hundertfache."

„Claire? Meinst du Claire?"

„Wie auch immer du sie nennen willst. Sie ist ein schwarzer Engel. Ein Engel des Bösen und des ewigen Unglücks. Und genau das bringt sie den Menschen, die sie in ihren Bann schlagen kann."

„Das hat sie mit Marco gemacht, nicht wahr?"

„Ja." White strich sich eine lange Haarsträhne aus der Stirn. „Wäre er gesprungen, hätte er sein Leben leichtsinnig weggeworfen. Dann wäre auch er auf die Seite der Finsternis getreten. Vielleicht für immer."

Vicky dämmerte, dass Claire nicht ihretwegen im Gästehaus aufgetaucht war, sondern wegen Marco.

„Du kennst sie?"

White sagte darauf nichts.

„Bryan?“, fragte Vicky leise. „Bryan … hast du … hast du diese Menschen … umgebracht?“

Er schien über die Frage nicht erstaunt.

„Was ist damals geschehen?“

Es dauerte sehr lange, bis White weitersprach. „Sie war es. Sie war verrückt. Verrückt vor Eifersucht, zu der sie gar keinen Grund hatte. Sie war besessen von der Idee, reich sein zu müssen. Mehr zu haben. Ich habe das nicht erkannt. Ich war viel zu jung. Aber dann ist es geschehen. Und sie kam zu mir. Wir haben uns am Meer getroffen. Auf den Klippen, fast wie hier. Sie hat mir gezeigt, was sie gestohlen hatte. Ich hatte von den Morden gehört, aber nie gedacht, dass sie es gewesen sein könnte.“

„Deine Freundin?“, fragte Vicky, als er wieder eine Pause machte.

„Ich habe ihr die Sachen weggenommen und eingesteckt, um sie zurückzugeben. Da ist sie wütend geworden und hat mich nach hinten gestoßen. Ich bin ins Meer gestürzt, mit dem Kopf auf einen Felsen, knapp unter der Wasseroberfläche.“

„Du warst tot.“

Vicky konnte sich den Rest denken. Später wurde Bryan an Land gespült, mit der Beute in den Taschen. Darum hatte man ihn für einen Dieb und Mörder gehalten.

„Claire oder wie sie heißt, ist das … das Mädchen von damals?“

„Ja.“

Dazu fiel Vicky nichts mehr ein.

„Sie will noch immer jeden Funken Glück zerstören. Deshalb steht sie auch auf der dunklen Seite der Engel.“

„Aber du ... White ... Bryan ... du nimmst auch Leben“, sagte Vicky mit Verzweiflung in der Stimme. „Sie hat recht. Du bist nicht anders.“

„Ich nehme nichts, das nicht frei wäre. Das ist der Unterschied. Ich erlöse und befreie. Das ist meine Aufgabe, Vicky. Das ist meine Bestimmung in dieser anderen Welt. Ich bin Engel wie du. Wenn auch ein Todesengel.“

„Und so muss es immer bleiben?“

„Das weiß ich nicht.“

„Aber jetzt ... was ist jetzt?“

„Jetzt bin ich Mensch.“ Er rieb seine Schulter an ihrer. Vicky seufzte. Sehr vorsichtig legte er den Arm um sie. Dagegen wehrte sich Vicky nicht. Sie lehnte sich an ihn. Die Berührung war ganz anders als sonst. Wenn auch nicht so intensiv wie auf den Klippen.

„Ich möchte bei dir sein“, gestand er leise. „Aber es ist immer nur für sehr kurze Zeit möglich.“

„Und du bist für mich keine ...?“ Vicky wusste nicht, ob sie es aussprechen durfte.

„Gefahr?“, setzte er ihren Satz fort. „Nein. Weil wir beide menschlich sind. Sind wir beide Engel, besteht auch keine ‚Gefahr‘.“ Er sah ihr in die Augen. „Als wir uns zum ersten Mal gesehen haben, da wollte ich dich einfach haben. Besitzen. Immer bei mir wissen. Ich hätte dir dafür meinen erlösenden Kuss gegeben.“

Vicky rückte etwas weg.

„Nicht, bleib. Heute ist es anders. Ganz anders. Dein Glück ist das Wichtigste und dein Glück ist in dieser Welt. Nicht in meiner.“

„Was bedeutet das?“

„Wir können einander immer nur kurz sehen. Aber wir werden uns sehen können."

„Auch wenn du wieder tust, was ich verhindern soll?"

„Nein. Ich verlasse die Stadt. Ich werde woanders sein. Ich komme nur, um dich zu sehen."

Wieder sahen sie beide auf das Meer hinaus, auf das Spiel des Mondlichts.

„Und wie nenne ich dich? White? Oder Bryan?"

Er schmunzelte und Vicky bekam nun doch Herzklopfen. Ganz zärtlich küsste er sie. Vicky schloss die Augen und wollte nur eines: die Zeit anhalten. So sollte es immer bleiben. Immer.

„Bis bald", hörte sie ihn flüstern.

Als Vicky die Augen öffnete, war White verschwunden.

„Bis bald. Hoffentlich sehr bald", flüsterte sie.

DIE WAHRHEIT

Was ich schreibe, klingt vielleicht noch verrückter als meine vorigen E-Mails.

Vicky saß an Glorias Computer und tippte eine Nachricht an Bernice. Sie waren vor einer Stunde von der Klassenfahrt zurückgekehrt. Vicky war mit Sigfrid und Gloria mitgekommen, da Pru mit Sally beim Kinderarzt war.

Bryan war unschuldig. Ich weiß es.

Dann schilderte Vicky noch, was sich damals wirklich ereignet hatte. Sie schloss die Mail mit:

Auch wenn Sie meinen, ich sei verrückt. Es ist die Wahrheit, wenn ich sage, dass ich alles von ihm persönlich weiß.
Mit vielen Grüßen von Vicky, die Bryan liebt

Gloria kam aufgeregt ins Zimmer. Vicky schickte die E-Mail schnell ab und löschte sie dann.

„Wir haben noch immer nicht entschieden, was wir in den Ferien machen!“, sagte Gloria. „Wir drei müssen einfach etwas unternehmen! Bei *Wilde Wahnsinnsengel* wird sich nicht viel tun, wenn keine Schule ist. Aber mir gefällt es doch so, Liebesengel zu spielen.“

„Wir besprechen das beim nächsten Treffen“, schlug Vicky vor. Sie sah auf die Uhr. Ihre Mutter müsste bald nach Hause kommen. Sie wollte sich auf den Weg machen. Sigfrid bot an, sie zu fahren und Vicky nahm gerne an.

„Kannst du mich kurz absetzen ... du weißt, beim Zugang zum alten Park. Wo wir schon ein paar Mal waren“, fragte Vicky bittend.

Sigfrid erfüllte ihr den Wunsch.

„Ich warte in der Eisdiele auf dich.“

Vicky lief zum Park, sprang über die Mauer und kniete sich ins Gras zu Azrael.

„Ich bin wieder da!“, sagte sie. Sie hatte ein wenig Bauchschmerzen. Auf der Fahrt im Bus hatte sie nämlich einen Entschluss gefasst.

Der steinerne Engelskopf schlug die Augen auf.

„Hallo!“, begrüßte er sie lächelnd.

„Geht es dir ... gut? Ich meine ...“, fragte Vicky.

Azraels Lächeln blieb. „Schon in Ordnung.“

„Ich will dir etwas vorschlagen.“

„Ach ja, was?“

„Ich könnte was organisieren. Um dich wieder zusammenzubauen und aufzustellen. Wir fändest du das?“

„Himmlisch!“

„Gut. Dann fange ich heute damit an, Mam zu bearbeiten. Wird nicht ganz einfach sein, weil es bestimmt eine Menge Geld kostet. Aber ich steuere auch was bei.“

„Sehr großzügig!“, lobte Azrael.

Vicky druckste herum. Das war nur der Anfang gewesen, um ihn milde zu stimmen. Nun kam das, was sie ihm wirklich sagen wollte.

„Azrael, ich will dich nicht belügen. Nie wieder."

„Ein guter Vorsatz."

„Dann musst du aber auch die Wahrheit aushalten. Auch wenn sie dir nicht gefällt."

„Das bringt dein Entschluss mit sich. Ich verstehe das."

Nachdem sie tief Luft geholt hatte, begann Vicky ihm von Whites menschlicher Gestalt zu erzählen und davon, dass er die Stadt verlassen wollte.

Viel ruhiger, als sie gedacht hatte, nahm Azrael die Nachricht auf.

„Bist du jetzt enttäuscht von mir? Hältst du mich für schwach? Für dumm? Für einfältig?"

„Erinnerst du dich nicht? Ich habe dir gesagt, dass zwischen Himmel und Erde mehr möglich ist, als wir uns erträumen. So scheint es auch hier zu sein. Auch wenn ich Zweifel habe."

„Das heißt ... wenn es wirklich so ist ... und wenn White ... wenn Bryan ... also, wenn er nicht mein Gegner ... unser Gegner ist ... dann darf ich ihn sehen?"

„Lass mich darüber nachdenken. Doch ich kann dir nichts verbieten und ich werde es auch nicht tun."

„Danke, Azrael." Vicky war sehr erstaunt über seine Reaktion. „Danke. Denn ... du bist ein Freund. Mein Freund. Mein Freund, der mir sehr, sehr wichtig ist."

Er lächelte still.

„Du weißt, dass ich dich mag."

„Aber hoffentlich nicht zu viel!", meinte sie kleinlaut.

„Keine Sorge. Engel lieben einfach anders."

„Obwohl du mich manchmal für ziemlich doof halten musst."

Azrael lachte. „Du bist ein Mensch. Du darfst so sein. Obwohl du jetzt ja ein himmlischer Mensch bist."

Vicky strich ihm über das steinerne Gesicht. Es fühlte sich warm und glatt an.

„Das tut gut", sagte Azrael.

Auf allen vieren kroch Vicky zu seiner abgebrochenen Hand. Sie hob sie aus dem Gras auf und nahm sie mit. Azraels Finger bewegten sich und drückten zart ihre Hand.

So blieben sie noch eine Weile zusammen.

Vicky vergaß die Zeit.

„Du bist ein Engel von einem Freund", seufzte sie.

Wilde Wahnsinns Engel

„Du irrst dich“, sagte er leise, „ich bin nicht dein Feind.“ Wie gern würde Vicky seinen Worten glauben, sich in diesen Augen verlieren und vergessen, was er ist. Wer er ist …“

Seit der steinerne Engel auf dem alten Friedhof unter ihrem Kuss erwachte, ist nichts mehr, wie es war. Vicky fühlt sich hin und her gerissen zwischen ihren Gefühlen für den sanften Azrael und seinen dunklen Gegenspieler. Als der verführerische „Feind“ ausgerechnet an ihrer Schule auftaucht, scheint auch Vickys beste Freundin in Gefahr!

Thomas C. Brezina
Wilde Wahninnsengel
Engel lachen immer länger

208 Seiten, Klappenbroschur
€ 9,95 [D]
ISBN 978-3-505-12576-8

www.schneiderbuch.de

EGMONT Verlagsgesellschaften

Jedes Mädche

Spannend und gefühlvoll: die Geheimni

verlegt durch EGMONT Verlagsgesellschaften mbH,
Gertrudenstraße 30–36, 50667 Köln

Lektorat: Birgit Arteaga
Umschlaggestaltung: hilden_design, München, www.hildendesign.de
Druck und Bindung: CPI – Ebner & Spiegel, Ulm
ISBN 978-3-505-12577-5

09 10 / 8 7 6 5 4 3 2 1